人生相談　谷川俊太郎対談集

谷川徹三　外山滋比古　鮎川信夫
鶴見俊輔　野上弥生子　谷川賢作

谷川俊太郎

朝日文庫

本書は文庫オリジナル・セレクションです。

人生相談　谷川俊太郎対談集●目次

初出一覧

動物から人間になる時
　「中央公論」一九六一年九月号
月征服は人間に幸福をもたらすか
　「サンデー毎日」一九六九年八月三日号
日本語のリズムと音　はたして七五調はリズムか
　「ユリイカ」一九七三年三月号
「書く」ということ
　「現代詩手帖」一九七三年六月号
　＊以上、単行本『対談』すばる書房盛光社、一九七四年刊
初対面　日常生活をめぐって
　「現代思想」一九七六年五月号
昔の話　今の話
　「海」一九八一年一月号
　＊共に、単行本『自分の中の子ども』青土社、一九八一年刊
いま、家族の肖像を
　「オブラ」二〇〇四年八月号

人生相談
谷川俊太郎対談集

動物から人間になる時

谷川徹三
谷川俊太郎

谷川徹三（たにかわ・てつぞう）
一八九五年、愛知県生まれ。哲学者。京都帝大哲学科卒業。法政大学文学部教授、同大学総長などを歴任。和辻哲郎、林達夫らと雑誌「思想」を編集。著書に『感傷と反省』『東洋と西洋』『茶の美学』『生の哲学』『調和の感覚』『宮沢賢治の世界』『自伝抄』など。八九年逝去。

父と子と家庭

俊太郎　ぼくはひとりっ子なのに、子どものときにお父さんに抱かれた記憶なんかないよ。わりにかまってもらえなかったんだな（笑）。だけど、いつか、ぼくが大きくなればなるほどかわいいとか言ってたそうだけど、たいていの親は、赤ん坊がいちばんかわいくて、だんだん憎らしくなる。それがふつうでしょう。お父さんのばあいは、赤ん坊のときは話がぜんぜんできない。年が大きくなれば、話ができるからおもしろくなる……。

徹三　私は、赤ん坊は動物と考えているんだよ。動物を馴らすようにしなければならないという意見でね。日本人は、だいたいにおいて、赤ん坊をあまりのさばらせすぎる（笑）。

俊太郎　子どものころは、ぼくが何かしてむずかるでしょう。すごく離れた書斎から、うるさいという声がとんでくるの。これが恐怖だったな。父親のイメージというのは、そういうところにあったよ（笑）。昼間はいつもすれちがいでしょう。夜は遅いし、いっしょに遊んでくれないし、ときどきなる動物だと思っていたな。

徹三　両方とも動物……（笑）。

俊太郎　とにかく幼児のころ、ぼくが寝ちゃうと夫婦でダンスホールへ行ったりなんかしたでしょ。ぼくは夜中に目を覚ますといないでしょう、父親も母親も。子どもなりに孤独感を感じてさ、そのときに詩人的要素が養われたんじゃないかと思って感謝しているけれどもね（笑）。

徹三　俊太郎が完全に人間になったのは、詩を書きだすようになってからだろうね。

俊太郎　ぼくが父親というものを、子どもは子どもなりに感じていたけれども、もっと人間的に感じたのは、自分が恋愛をしてからですね。それから少し変わった。べつに父がそれについて何か言ったということじゃなくて、そこでやっと男として同格になったので、少し理解できるようになったというところがあるんじゃないかな（笑）。それもほとんど完全に放っておいてくれたから、ぼくはたいへんありがたかったけれど。

徹三　自分のことを考えて、私も勝手にやってきたからね。おやじを困らせたほうだし、息子が少々おやじを困らせても、息子はとうぜん自由であっていいと考えたわけだ。

俊太郎　ぼくは、何かで親子関係みたいなことを書くとき、ぼくらの付き合いは、君子の交わり淡きこと水のごとしだ、と言うんですがね（笑）。友だちが父親と深刻に対立して家を出たというふうなことを聞くと、想像できない。逆にそういうふうなドラマみたいなものが父親と子どもの中にあるということが、うらやましいというんじゃないけれども、ちょっと自分にはないものとして興味を持つことがある。

徹三　ぼくの子どものときには、怪我をすると、父親母親の前に手をついて謝ったものだ。「身体髪膚《はつぷ》これを父母に受く、敢て毀傷《きしよう》せざるは孝のはじめなり」というわけでね。そういう雰囲気に反発したね。それで私の家庭はわりあい自由になったのかもしれない。

――お宅はたいそう近代的で自由なご家庭とうかがっていますけれど。

徹三　（記者に）私と家内とは一種の友だち付き合いですからね、そういう点じゃひじょうに昔は珍しがられたものですよ。いっしょに、しょっちゅうつながって歩いて、バーへ行ったりなんかしてね。（俊太郎に）おもしろい話があるんだよ。結婚して郷里へ帰ったときに、お母さんが、私のことを「徹三さん」とそのころ呼んだろう。田舎で自分の旦那さんをそういうふうに呼ぶということは、そのころ大正年間じゃ考えられなかったんだね。鯉江（＊愛知県常滑市にある地名＝編集部注）の叔母が、「多喜（＊母の名前＝編集部注）さん、おまえさん徹三さんと言うのはみっともないからおよしょ」。そうすると安田（＊愛知県小牧市にある地名＝編集部注）の叔母が、「いや、そんなことは構わない、浄瑠璃《じょうるり》だって伝兵衛さんと言うじゃないか」（笑）。二人の大叔母のあいだに大論争があったんだ（笑）。

俊太郎　ぼくの育った家庭は、自由な個人の集まりとしての家庭のよさというものがあったと思うけれども、ぼくのいま考えているような、考え方の単位としての家庭というものはなかったという感じがする。ぼくが家庭のイデーと言うのは、日本の家とはぜんぜん違ったものだけれども――たいていリベラルな考え方をする人は、人間をギリギリの最小単位にしぼれば個人だというでしょう。ぼくは最小単位にしぼれば、男と女だと思うんだ。そこから家庭の観念も生まれてくる。お父さんなんかぼくが生まれたころというのは、いわば家庭で三人で楽しく過ごすことよりも、自分の仕事のほうに情熱があったでしょう。

徹三　そう。

俊太郎　ぼくはその点ちょっと違うんだ。自分の仕事ももちろん大切だけれども、むしろ妻と子と三人で生きていくということのほうが大切なんだな。そう思うと同時に、そう思っている自分に疑問を感ずることがあるけれども……。女性観というものにも出ていると思うけれども、ぼくのほうがフェミニストだよ、おそらく。自分が生きていく命の流れみたいなものの中で、女の人のやさしさとか大きさを、大きく評価しているんじゃないかと思うな。ぼくはおそらく女の人がいなければ生きていけないし、だから男だけで仕事を達成しようみたいなことは、あまり考えていないところがある。口じゃうまいこと言っているけれども、お父さんは、うちではじつに暴君なんだから（笑）。

徹三　そういう点はやはり時代の影響というものを受けているね。明治生まれのものは、心では優しくいたわろうと思いながら、ついガミガミ言ったりして（笑）……。しかし、私は二十代の終わりに「孤独」というエッセイを書いたことがあるが、その中に孤独＝アインザムカイトにたいしてツワイザムカイト、「一人でいること」にたいして「二人でいること」ということを言った。ぼくはずいぶん長いあいだ漂泊したが、（記者に）漂泊から立ち直って落ちついたのは、家内と会ってからですよ。そういう点でぼくは家内との出会いに感謝しているんですけれども ね。「一人でいる」生活が生活の土台として自分にはどうしてもなくてはならぬ、しかしその「一人でいる」生活を現実の生活のうえで支えるものは、「二人でいる」ことだというふうに思ったのですね。こういう若いころの気持ちはその後長いこと忘れていたが、六十をすぎてから、もう一度その気持ちがひじょうに切実になってきた。老夫婦の気持ちというんでしょうが、そういうところは俊太郎の考え方に近いかもしれない。

青年期に影響を与えたもの

徹三　俊太郎の子どものころは、この子はエンジニアにするんだと私は言ってた。

俊太郎　いかんせん、数学の才能はゼロだったわけだ（笑）。小学校のとき、つづり方なんかすごく下手だったけど、むしろ絵のほうがうまかったね。

徹三　そう、色の感覚はなかなかよかったね。私は俊太郎が詩人になるとは思わなかったけれども、ひょっとすると絵描きになるかもしれないと思ったよ。私自身絵が好きだから、絵描きになるならそれでいいと思っていたんだけれども。しかしいちばんしたかったのはエンジニアだね。ぼくは機械というものは、こわすことはできるけれども組み立てることができない。そういう才能はないから……。

俊太郎　とにかく、電灯のコードが戸棚にはさまっているから電気が流れないんじゃないかと言うんだから、あれには驚いたね。二十世紀に生きている人間として（笑）。

徹三　自分にないからかもしれないが、なんとなく、体の大きい丈夫なエンジニアというものは、生活者としてはいちばん安全だしね。安全な生活者にしたかったのだね。

俊太郎　ぼくの子どもはまだ赤ん坊だけれど、できれば理科系統に進ませたいと思いますね。それはぼくのコンプレックスのあらわれだろうな。エンジニアはたいへんな景気だそうだ。詩人にはしたいとは思わないね（笑）。みんな親というものは、子どもに望みをかけるものなんだね（笑）。

徹三　しかし私は、どこまでもコンモン・ピープルとして子どもは育てるという方針で、特別の学校にはやらなかったし、才能教育なんていうのは反対だった。それで、文字通り裏の学校へ入れたわけだ。

俊太郎　ぼくは裏の学校にやられたということはたいへんよかったと思う。ひとりっ子でひ弱く、自分本位で人付き合いの悪い子どもになる環境にいたでしょう。それが少しでもすくわれたんじゃないかな、いじめっ子にいじめられたおかげで。

徹三　そうかもしれない。

俊太郎　ぼくが大学へ行かないと言い出したとき、母は父親とぼくのあいだにはさまって困ったと思いますよ。直接には言わないで、いつも母親を通して言うんだ。ぼくは行かないと言い、そっちは行けと言い、だいぶあのころは愚痴を言っていたけれどもな。

——大学へ行かないというのはどういう決心だったのですか。

俊太郎　結局なんて言うのかな、束縛されるのがいやだったのね。高等学校というのがぼくらのころは、新制と旧制のかわり目で、学校は兵舎を改造したようなバラックで、先生たちは敗戦の混乱の中で自信がなかったし、およそつまらなかったんですよ。いまのようなカレッジ・ライフ的な楽しさというものはまったくなかったし、読みたい本も読めなかったし、数学とか物理とか、こっちはなんにも関係ないと思い込んでいたものを無理やりにつめ込まれるでしょう。それをとても不合理だと思ったのですよ。もっと自分が読みたいものや、感じたいものがいっぱいある時期に、そういうものを感じたり読んだりしないでいるのはまずいと思った、ぼくとしては。

徹三　俊太郎が学校をいやがったころにおもしろかったことは、体操がいやだ、体操なんか一列縦隊に並ばされるのは堪えがたい、と言っていたね。自分の息子としてこれはちょっと困ったと思いながら、一人の青年として、その感じがおもしろいとじつは思った。俊太郎とはちょっとちがうけど、お父さんもその年頃、漂泊時代があった。学校にぜんぜん出ないで、芝居へ行ったり、寄席へ行ったり、旅行に出たり、文字通り漂泊だね。精神の漂泊でもあった。

俊太郎　学校の勉強がくだらないと思ったの……。

徹三　学校の勉強がくだらないというよりも、もっと、つまりいろいろなことが、何をしてもおもしろくない。意味がないように思う。いったい人生というものはどういう意味を持っているのか。生きるに値しないものじゃないか、そんな問題をただくだくだ思っていたわけだ。しかし、学校に出なかったけれども、ある時期には図書館で夢中になって本を読んだりもしたね。そのころ、やっとまっくらな深淵をのぞくような気持ちからすくわれたのは、親鸞の『歎異抄』だった。『歎異抄』を読んで、深淵の底のほうで自分を受けとってくれる手があるような気がした。けれどもそれはまだ消極的な気持ちだったが、あるときたまたまホイットマンを読んで、これはむずかしいへんな字が出てくる詩なんだけれども、わからないところはわからないなりに、とにかく読んでいると大波のうねりのようなリズムね、あれがなにか生命の息吹を吹きこんでくれるような気がして、ひじょうに力づけられたね。

俊太郎 ローレンスにそうとう傾倒したことがあったでしょう。それはいつごろ、やはり二十代？

徹三 いや、三十代だね。それまでローレンスというのは知らなかった。

俊太郎 ぼくが二十代の初めかな、ものすごくローレンスに傾倒したことがあるけれども。『現代人は愛しうるか』という本で、わからないところもいっぱいあったけれども、あれは、ぼくの青年時代の聖書みたいなものだったと思う。

徹三 私の高等学校時代、大正の初めというのは、日本じゃオーケストラというものは音楽学校だけでね。それも音楽学校だけじゃできないで、海軍軍楽隊とかいろんな人を寄せ集めてやっとできた。そのころ初めてベートーヴェンの第五シンフォニーを音楽学校で初演した。上演前からみんな大騒ぎをしたもんだ。ベートーヴェンというものには私もずいぶん感動したよ。そのころ第一次大戦後で、亡命音楽家がたくさん来たんだ。名もない音楽家だけれども、そのころの日本の水準としちゃやはりそうとうなものだった。音楽というものは、自分の中にかくれている欲望や感情を誘い出したり動かすという面をもっている一方、いろいろなことに悩んだり苦しんだりしてわけのわからなくなった精神に、ある秩序を与えるという面ももっている。その両方の要求を音楽というものは一ぺんに満たすものだ。あの時分、つまりはたち前後に、いい音楽をいまのようにじゅうぶん聴くことができたら、お父さんの漂泊というものはなかったのじゃないかと思う。そういう点じゃ、いまの若い人たちは幸せだと思うね。

俊太郎　逆に言うと、ぼくらはＬＰとか放送とか、聴こうと思えば無限に聴けるでしょう。今度はあまり音楽があふれ過ぎていて困っちゃうという面もあるね。ぼくはもの心ついたときにはＬＰはまだ出はじめたころだったけれども、レコードは豊富に聴けたわけ。ほんとうに音楽に淫していると言っていいくらい聴いたことがある。そういうときに、こんなに音楽ばかり聴いていいんだろうかということを深刻に疑問に思ったことがあったね。なんというのかな、音楽というものは、あくまで言葉とか論理とかに比べればひじょうにあいまいなものでしょう。そういうあいまいさというものが、あまり自分の体に影響を与えすぎるというふうな、考えることができなくなるくらい、音楽におぼれていたことがあった。

徹三　しかし、それはいいことだったと思うね。そういうふうにあいまいだということが、直接的だということなんだ。言葉で言いあらわしえないようなものだからね。

俊太郎　それはいまでもよかったと思うと同時に、だいたいマルキシズムなんかの洗礼をうける年ごろだったでしょう。そのころ、およそそういうものにいっさい触れずに過ごしたということは、後悔しているようなところもある。そういうものにぜんぜん触れなくて、かえってぼくという人間ができたという気もするけれども。ぼくは一歳の年からこの北軽井沢へ来ていて、ぼくの十代の終わりから二十代の初めにかけては、ほんとうにこういう自然の中にいるだけで生きていることはじゅうぶんだという感じ方をした。理屈でもなんでもなくて、自分がほんとうにそう感じることなんだからどうにもならなかったし、自分でそういうふうに感ずるということがいちばん大切だった。新聞やラジオは読みもしなければ聞きもしなくて平気だし、同じ年ごろの連中が大学にはいって破防法反対なんかをやっているときにも、ぜんぜんそういうものと無縁でいて平気だったわけだけれども、いまはこの土地に来ても、そういう自然の持っている慰めみたいなものに限界があるということをしきりに思う。

徹三　そのころは逆に、東京にいるとわりあい忙しい生活をしていて、一年のうちひと月なり、ふた月なりここで暮らすということは、私には一種の精神衛生にもなるし、自然をあらためて見なおすね。夜というものは東京じゃほんとうにはわからない。昔の人たちが夜というものにたいして恐れを持ったような感じ、まっくら闇のそういうものを、ここにいると感ずることができるし、また動物が火を恐れたり、人間が火というものをどんなに大切にしたかということも、ここにいると実感としてくる。それからちょっとしたことで――たとえば林の中だから蛾がたくさんくる、そんなものをひねって紙屑籠の中に入れるだろう。すると、いつの間にか中から這い出してきたりする。ときどきふっと無気味な気持ちにおそわれる。そうして獣や虫にまつわる昔の怪談ね、そういうものが実感としてくることがある。東京じゃぜんぜん考えられないようなある感情が、ここにいるとなにかひょいひょいと浮かんでくる。そういうことは私にとってもひじょうにいいことだね。

――俊太郎さんが最初の詩集『二十億光年の孤独』をお出しになったのは十九歳くらいでしたね。

俊太郎　初めは、新制高校の終わりのころに友だちに文学青年がいて、それに書けとすすめられて少し書いたのだけど、大学の試験勉強になって、「螢雪時代」とか受験雑誌を読まざるをえなくなったわけですよ。数学なんかはおもしろくないし、したくないから別のところを読もうとしてぺらぺらめくっていると、うしろのほうに投稿欄がある。見ると、下手な詩が並んでいるんだ。これなら書けるんじゃないかと思って、自分の欲求として詩を書きたいというんじゃなかったのですね、シャープペンシルをもらってやろうとか、賞金をもらってやろうとという目的で書いたら、一席とか二席にはいった。調子にのって詩を書いているうちに、言いたいことがわかってきたというところがありますね。そのうちに東大に、初めから絶対に受からないということがわかっても、形式的には受けなければならないし、受けて、落ちて、どうにかして大学へ行かないですませようと思って、父を説得しなければならないわけですよ。そのためには、ある種の大義名分がなければならないでしょう。それで詩のノートを持ってきて、自分はこういうものを書いているということを利用したのです。比較的その詩がうまかったらしくて、なんかうやむやのうちに大学にはいらずにすんだ。

徹三　（記者に）ぼくは学生のころ、フランスの象徴詩が好きでよく読んでいた。そのころの愛読書のひとつは、荷風の『珊瑚集』で、これはうまい訳だと思った。リルケのものを翻訳したこともあったし、だから俊太郎の詩でも、あるていど公平に評価できると思った。公平に見て、これは悪くないと思ってね、その中で私がいいと思ったのを三好達治さんに見てもらった。そうしたら三好さんがたいへん感心してくださってね。三好さんの紹介で、初めに「文學界」にその中のいくつかの詩がのって、それから詩集を出すようになったのですがね。それ以後だって、少しくらい遅れてもいいから、大学くらいは出ておけと言ったのだけど……(笑)。

コスモスと世界政府

徹三　俊太郎のコスモスの感覚というものはどういうものかね、はっきりしているようでしないけれども。

俊太郎　ぼくのコスモスという言葉、やはりローレンスの影響もあると思うけど、人間の社会もその部分として含んでしまうような大きな宇宙ということなんですがね。コスモスというふうなものを感じ取れたのは、青年のころ、この北軽井沢の自然の中にいたからだと思うのですけれども、十代の終わりから二十代の初めにかけて、自分が自然というものと一体になっちゃっているような状態、一体になっている状態がそのまま生きるということで、そこで自分がほんとうに幸せで完全だったような状態があったんですよ。そのばあいは、自然というふうな言葉で人間と対立したものとしてとらえるよりも、コスモスという言葉で自分と自然と全部ひっくるめてとらえたいという気持ちがありましたね。無機物から進化してきた人間の生命も、地球という星も、空に散らばっている他の星も、全部むすばれているという一種の汎神論みたいなものがあった。そういうコスモスという言葉だけじゃ自分の現実がとらえられないと思い始めたのは五、六年くらい前からで……。

徹三　だんだん社会人になってきたんだな（笑）。

俊太郎　子どもができて、そういうものじゃ解決できないものがいっぱい出てくるでしょう。自然だと言ったんじゃどうにもならないものがいっぱいあるんだということがわかってきて……。さっきお父さんは子どもは動物だと言ったけど、ぼくは青年というのは獣だと思うんですよ。職業を持ったり結婚したりすることで、やっと青年は人間になってくるのだということを書いたことがあるけれども。

徹三　私はどこかで字を書くことを頼まれると、ときどきその言葉を書くんだが「人間とは常に人間になりつつある存在である」。だから人間がほんとうの人間になるということは、一生涯続けなければならない努力だと思っている。人間とは人間になりつつある存在だという言葉は、裏から言うと、人類というものはまだ完全に人間になっていないということでもあるし、一人ひとりを考えても、これこそほんとうの人間と言えるものは稀だということでもあるのだね。しかしそれを否定的に言わないで、つまり人間はまだほんとうに人間になっていないのだ――戦争なんて野蛮なものがあるが、その点じゃ人類というものは若い動物で、多少とも人間らしくなってから十万年とはたっていないからね。しかしそれをたえず人間になりつつある存在だというふうに、肯定的に見たいという見方を私はしている。俊太郎のコスモスと言っているものと私の世界政府の考え方には直接つながりはない。しかし問題をいつでも大きなパースペクティヴのもとで見ようとする傾向があり、政治の中へ直接はいっていけないのも、そういう傾向からきているし、世界政府というような考え方に魅かれるのもそれによるとすれば、俊太郎の言うコスモスへの感覚と無関係ではない。俊太郎の書くものには、詩でも散文でもどこかに哲学的と言ってよいものがあり、コスモスというような感覚も、それはまだ感覚的なものだけれど、ひとつの思想の方向を内包していると思う。

俊太郎　お父さんの言う世界政府論というもの、前はひとつの理想として同感だったが、いまになってみると現実的問題として理解できるようになってきていますね。

徹三 世界政府というものをよく空論だと言う人があるけれども、私はすぐ実現できるようなものじゃないと思うが、しかし結局世界はそういう方向に動いていると考える。世界歴史の動きの跡をたどってみても、現在困難ないろんな問題はあるが、結局このほうにいく以外に世界の破滅をしないですませる道はないように思うね。いまいちばん危険なことは、たとえばアメリカあたりでも共産主義というものが悪魔の仕業でもあるかのような考えをマスコミを通して国民にひろく浸透させようとしている、そういう反共の精神を培うことによって、アメリカの立場から問題を切り抜けようとしている。これはもうひとつの世界が、あらゆる悪の根源を資本主義のせいにするのと同じように、あるいはそれ以上に、危険な考え方だと思う。そこから共産主義体制の防衛のためなら、戦争に訴えてもいい、自由を守るためには核兵器の使用も辞さないというような考え方が出てくるからだ。私は共産主義というものを、共産主義者のように今日の矛盾を解決する唯一の解決の仕方だとは考えない。しかしひとつの仕方だと考える。だからそれを唯一の解決の仕方として宗教的信条のように信奉する考えには私はくみしないけれども、しかし、これを悪魔の仕業のように考えることでは、問題は少しも解決しない。

共産主義に打ち勝つ唯一の方法は、共産主義者たちがげんに指摘しているような資本主義体制に含まれている矛盾というものを、できるだけ早くなくするということだからね。いずれにしろ世界政府というような形に行き着くのがもっとも自然だし、それ以外に全面的な破壊に陥らないですませる道はないというふうに私は考える。現在はたんなる理想にすぎなくとも、こういう問題をできるだけたくさんの人たちに考えさせたり、運動に参加させるということは意味がある。こう私は思っているのだがね。

俊太郎　お父さんは政治にはタッチしないという立場をずっと、世界政府のことをやっても、守っているわけで、ぼくも子どものときから知らず知らずのうちに政治というものを自分から離れたもののように考える癖がついてきた。戦後、ぼくは大学にもはいらなかったし、直接政治に関与する運動を何もしなかったから、いまでも政治というものは疎ましいと思う気持ちがあるのですね。それじゃいけないと思うし、もっと積極的に政治というものに加わろうという気持ちはとてもある。だけど、それはやはり谷川家の血につながってくるのだと思うけれども、ひとつの政治的信念というものをはっきり持つことができないのですよ。政治とは違う立場から政治を批評することはできるけれども、共産主義を信ずるとか、資本主義を信ずるとか、社会主義を信ずるとか、ひとつの信念のもとに行動することはどうしてもできない。ところがそういうふうに政治的信念を持たないで政治に関与するということは、みんなは非常にかんたんに攻撃するのね。日本のいわゆる文化人たちの弱味みたいなことを言う人もいるし。しかしそれはいちばんむずかしいことなんじゃないかと思うな。そういうあいまいさみたいなものを捨てて、こうするぞと言って国会に突入するほうが、ある意味では楽だと思うのですよ。自分でも割り切れないあいまいさみたいなものを、ぼくは大切にするよりしようがないですね。そういう立場がなくなりつつある時代だからこそ、そういう立場というものを、どうにかして守りたいという気持ちはありますね。そういう立場で詩を書くと、思想がないと言ってやっつけられたりするけれども、政治的思想だけが思想じゃないと思っている。

（一九六二年）

月征服は人間に幸福をもたらすか

谷川徹三
谷川俊太郎

科学への信頼感の増大

徹三　この間「ワシントン・ポスト」紙からアンケートがきてね。その第一は「人間の月面着陸が人類におよぼすインパクト（衝撃）のうち、最大のものは何であるとお考えになりますか」というのだが、それにたいして私は、こう答えた。「多くの人にとってはやはり、科学と科学技術との達成にたいする素朴な感嘆の念でしょう。そして、それはさらに、科学と科学技術とにたいする信頼の感情を増大せしめるでしょう。そこから、人類の未来にたいする楽天的な夢をふくらませる人も少なくないでしょう」とね。これはあとのほうで、そういう楽天的な考え方にたいする疑念を述べた伏線にしたんだが、俊太郎はどう思うね。俊太郎は宇宙にたいする関心を、ずっと私より強く持っているからね。

俊太郎　でも、それは少年天文学的関心であってね。ただぼくのほうがどちらかといえば夢想的ですね。どうもサイエンス・フィクションの読みすぎかもしれないけれども。いい意味でいえば巨視的であるし、悪く言えば夢見がちなところがあるんですよ。たとえば、そのワシントン・ポストの最初の質問で「月面着陸時

における いちばん大きなインパクト」という点も、ぼくなんかのばあいはひじょうに感覚的にとらえるんですね。たとえば、アポロ10号なんかがとってきた地球の写真なんかを見るというようなことが、ぼくにとってはもっとも大きなインパクトであって……。

いま地球上の人口は三十億以上、そのうちのわずか二人が月に降り立ったにもかかわらず、われわれはそれを不思議にも思わない。ひじょうに自然に、わがことのように感じている。じっさいに金を出したのは米国だし、米国人が月に降りているんだけれども、われわれはべつに著作権侵害だとも思わずに、へいきで人類の月への第一歩だというふうに言っている。

そういう意味での彼らの目は、もうわれわれ自身の目であり、彼らが触れる月そのものをわれわれが触れているような感じ、そういうのが最新のコミュニケーションの科学的な技術の達成によって、ひじょうに身近に感じられるようになっている。そういうほんとの感覚的なことが、おそらくいちばん自分の深いところに衝撃を与えるだろうという気がするんですよ。だから抽象的な言葉で言うよりも、一枚の写真であるとか、何分間かの会話であるとか、そういうようなもので、きっと自分でも気がつかない部分が変わっていくんじゃないかという気持ちがひじょうに強いですね。

人類運命共同体という意識

徹三　宗教についても人類ということについても、考えさせられるところが多いね。私はアポロ10号の三人の人たちの手記を、このあいだ読んだが、やはりおもしろいな。これがどんなに大きな経験であったかということ、しかしそこには、神に祈ったということはあっても、それがそのまま宗教的体験というようなものではなかった。むしろそれより初めての、それこそまったく自分たちの経験が人類の初めての経験だという意識、そこには、ときどき息をつめるような瞬間があったし、たがいに冗談を言うようなこともあったけれども、手記を見ると、宇宙的体験というものの切実性がまざまざと感ぜられる。

そういうものが必然的に宗教的体験につながるかというと、それは人による。こういう経験がこんご人間によって積み重ねられることで、いままで地球の上だけを住処《すみか》にしていた人間にとっては、新しい何かの意識の変革が、あるいは起こってくるかもしれない。これは可能性としか感ぜられないが、それが起こってくるとすれば、ひとつはやっぱり多くの人間が人類全体を考えるということだろうね。歴史的には、人類という意識は神という意識を媒介としたと言っている学者もあるが。

もうひとつは、核兵器という人類を絶滅させかねないような兵器を目の前にして、人類全体が、いわば運命共同体という存在になりつつある点。そこからも人類という意識を持ったと思うんだね。

しかし、こんどは地球上ではなく、月へ盛んに往復でもするようになれば、じゅうらい、人間が人類という意識を持ったふたつのばあいとは違ったかたちで、あるいは人類という意識を持つかもしれない。むろん、これはどこまでも〝かもしれない〟ということだが。

俊太郎 今回の壮挙で人類という言葉ばかり使って、人間という言葉は使わないということがあるわけですが、これはひじょうに微妙な日本語の語感の問題とからんでいる、と思うんです。

〝人類〟と〝人間〟とを、ふだんわれわれがどう使いわけているかということは、おそらく人によってそうとう違うだろうと思うけど、ぼくの個人的な意見としては、人類という言葉は、やはり哺乳類と同じように、やや生物学的な概念・分類に近い。ということは、むしろ外部の視点から人間全体を見たばあいに、人類という形で、ある意味では比較的、楽天的にひとまとめにできるような概念があると思うんですよ。

たしかに、核兵器によって運命共同体であるというふうな、ひじょうに深刻な一種の運命があるとしても、人類という言葉には、まだある意味で欺瞞的な響きがどうしてもあるんだ。ほんとうは、われわれが人類というほど、かならずしも地球上の人間たちはひとつになっていないにもかかわらず、月へ行くというひじょうに強烈なドラマチックな事件が起こると、われわれはわざわざ安易に人類というような理想像を持ち出してしまう。

ところが、人間というのは、もっと生々しい観念であって、それこそ人の間であって、自分と妻との関係、自分と友だちとの関係、自分と上役との関係、そういう日常的ないやらしい、それこそ人間的ないやらしい関係全部を含んでいる概念だと思うんですよ。そういう人間という言葉は、それの裏返しの意味としては、ほんとうに人間らしい高貴さをも含んでいるのだけれども、その人間の概念は実はひじょうに複雑で、われわれはふだん、わりとかんたんに口にはしているが、この言葉を口にすると、むしろ悲観的に傾いたりする。だから月旅行なんかの局面では、つい人間という言葉を避けるんじゃないかと思うんです。

知りつくしたい熱情

俊太郎　精神的な面で言えば、キリスト教であるとか仏教であるとかいうふうに、はっきりした体系を持った宗教とはもちろん関係ないにしても、月へ行くことになにか宗教的なものを感じますね。

イギリスの歴史家アーノルド・J・トインビーは探検という言葉を使っているようだが、地球上の探検のタネがだんだんつきてきて、地球というものがあるていどわかってくると、こんどはどうしても宇宙へ出て行きたいということになる。そのいちばん奥にあるものは、やはり、人間が初めて直立して動き出したころから、ほんとうに人間を人間たらしめているような、自分とは何であるか、人間とはいったい何であろうかという疑問がいちばん基本にあると思うんですよ。

やはりわれわれは、自分がなぜ、こういう遊星の上に発生したのであるか、ということをつねに考えてきたわけだし、それがたとえば進化論というような、中途半端な一種の理論を与えられても、まだ満足できない、ひとつの暗いわだかまりのような形で、いつも、われわれの中にある。地球上をおそらく全部知りつくしても、まだ人間の発生の謎、あるいは、自分がいったい、どういう存在であるのか、ということがわからない。

そういう情熱が、人間を宇宙へ宇宙へと駆りたてているんであって、それは、たとえば征服欲とか、そういうものとは違うものであるし、地球上の鉱物資源がなくなったときのために、ほかの遊星を植民地的に所有しようという欲求とも違っていて、もっとひじょうに根源的な、一種の好奇心みたいなもの、なにか薄気味悪い、そういう情熱みたいなものがあると思うんですよ。

徹三　月に人間が降り立っても、夜空に月を見る気持ちというものは、私などはあまり変わらないな。それは、美しいという感覚や感情と結びついた感動だからね。

俊太郎　それはぼくも変わらないと思いますね。げんに月に降り立った人たちのことを考えても、恐怖はともかく、畏怖ということは、ひじょうに強く感ずるんじゃないかというふうに想像しているんですがね。彼らはもちろん、ほんとうに最新の科学技術――九九・九九九パーセントかに守られていて、自分たちは安全だと確信しているだろうが、ほんとうに暗黒の真空に投げ出されて、はるかかなたに青い地球が見えているという経験が、彼らにとって神秘的でないはずはないと思うんだな。それがぜんぶ、彼らの科学みたいなもので割り切れているとしたら、ちょっと浅い気がしますね（笑）。

天国へ行くのか、地獄へか

徹三　月に行くというような〝大事業〟が人類意識をかきたて、人間同士の戦争をなくしていくんじゃないかなどと言う人もいるようだが、これは私にはわからない。げんにSFには、さまざまの星の間の戦争というものを考えている子どもの読み物がたくさんあるくらいでね。それだけじゃ、そういう意識が生まれるかどうかわからない。

俊太郎　それはきわめて徐々にしか影響をおよぼさないだろうという気がしますね。つまり、なんというのかな、それこそ人類という言葉で、人類全体をひとつの種《しゅ》として見たばあいに、種としてだんだん進化していくということは、たとえばテイヤール・ド・シャルダンというカトリック思想家の学者が言っているんですよ。そういうふうな観点から見たばあいには、その種が月に接触したということは、はっきりひとつの進化だとは言えるわけで、それじゃ種の中の一人ひとりの個人というものになると、ルネサンス時代には、とにかく個人というものが強調されてきたわけでしょう。いまでもわれわれは、個人の尊厳ということをすぐに口にするし、やはり民主主義というものは、個人というもののうえにひとつの基礎をもっていると思うんです。

そういう個人というのは、そんなにかんたんに変わらない、ただ、ひじょうに大ざっぱな見方で見ると、ある面で、われわれがひじょうに野蛮であった時代は、もしかするとひじょうに部族的な、あるいは氏族的な結合が強くて、個人というものの力が弱かったかもしれない。それがだんだんに文明の発達によって、個人というものはひじょうに強いものになってきている。これから、またこんどは、ある国の人民とか、部族とか、氏族とかいう規模ではなくて、それこそ地球大の規模の人類というひとつの集団に向かって、まただんだん個人の力が、ある意味では弱くなっていく時代じゃないかという気がしますね。

徹三　だからインダストリアリズムの文明というものは、いったい人類を天国にもたらすか、地獄にもたらすかという点になると、わからないとしか言いようがないね。ということは、経済の機構そのものがそうだけれども、ひとつの機構ができると、それは自分自身の論理とメカニズムをもって自己運動する。こういうことは文明のあらゆる領域に見られる。政治の領域にも、科学、芸術、哲学、宗教、それのないところはない。

そういう点では、つまり文明のそれぞれの領域が、それぞれの領域を定着させると、自分自身の論理とメカニズムをもって自己運動する。それが人間というものの疎外を引き起こす。

私はヒューマニズムというものの原初的形態は、そういう人間の自己疎外にたいするプロテストだと思う。だから同じヒューマニズムという言葉で呼ばれながら、その歴史的現象的形態は、ルネサンスのころのヒューマニズムと十九世紀から二十世紀にかけての機械文明にたいして起こったヒューマニズムとのように、まったく違った傾向を示している。

しかし、これはいずれも、人間の人間たるあり方を否定するようなものにたいするプロテストという点ではひとつなんだ。その点、幸福というものはきわめて人間的な概念で、その幸福という原点から、インダストリアリズムの文明が、人間を天国へつれていくか、地獄へつれていくか、わからないと言うこともできる。

〝宇宙的宗教感情〟のめざめ

徹三　アポロ計画に費やしている費用を地球上の貧困の救済に充てるべきだという意見もあるが、これはそう単純には言いきれない。黒人の立場としては、そういうことはもっともだと思う。しかし、宇宙開発というものが無意味とは思わない。第一、そういう未知のものに立ち向かう衝動というものは人間の本能としてあり、それが人間の進歩の原動力になってきたんだし、こういうものは伸ばさなければならない。それから、たとえば月から石をもってくるということが、たいへんな新しい科学的な発見をもたらさないとも限らないし、月になんらかの下等生物を発見するようなことになるかもしれない。

とにかく太陽系というものが、どういうふうにできたか、地球がどういうふうにでき、月がどういうふうにできたかということは、仮説としては、もうそうとう権威をもったものがあるけれども、それはどこまでも仮説の範囲に留まっているんだから、月探検によって、そういう従来の仮説がくつがえるような新しい事実が発見されるかもしれないんだ。

それは可能性だけれども、可能性としてはそういうことを認めなくちゃならないから、したがって宇宙開発とか月探検ということは意味がないとは思わない。しかし、私がいちばん心配するのは、軍事的動機によるところがきわめて多いという点。ここがいちばん心配なところだね。

俊太郎 月へ人間が着陸したということは、つまり小さな出来事だろうと思うんです。ぼくの未来の感じ方から言うと、結局、いちばん大きなエポックというのは、他の遊星の知的生物との会合ということがひじょうに大きなことであって、月と接触したということも、そういうことへの第一歩みたいなことであって、これから火星へ行ったり、金星へ行ったり、ぼくらが生きている間にそういうことが見られるかどうかはわからないにしても、そういう形で人間が、心細い形だけれども、宇宙へヨチヨチ出ていくわけですよね。そういうことの一環として、月探検、月着陸を考えないと、意味がないんじゃないかな。

だから、知的生物との会合はかならずしも人間が出かけていかなくても、もしかすると向こうから来てくれるかもしれない。それが起こったときに、人類あるいは人間の意識は、そうとう大きな衝撃を受けて変わるし、そのときの変わり方が問題です。いちばん恐ろしいのは、ヒューマニズムそのものが一個の巨大なエゴイズムになってしまうということです。いま、国家的規模のエゴイズムがよく言われるが、それと同じものが地球大のエゴイズムになって、他の知的生物はとにかく意思が通じない、こわい、殺してしまえということになるのがいちばんこわいし、起こりうる可能性があるんじゃないかと思うんです。もしかすると犬かもしれないしねえ、人間は犬だと思ってぶったたいてしまうかもしれない（笑）。

徹三　こういう科学とテクノロジーの発達を考え、月到達後の問題を考えると、そこに宗教の役割が依然としてあると思うんだ。この間、英国の雑誌にアンドレ・マルローの対話が出ていたが、マルローは「現代文明というものは、宗教という規制力を持たない唯一の文明だ」と言っている。そこに、マルローはある危険を感じているわけなんだな。私はひじょうな同感をもって読んだ。いままでの文明においては、宗教というものは、いつもそういう人間の、ことに社会生活や人間の諸行動を、ある高いところで規制するものとなってきた。現代のニヒリズムは、そういう規制力としての宗教がなくなったところから生まれたんだ。

月へ行くようになったことも含めて、宇宙開発にともなう宇宙体験ということが、もし徐々にでも、そういう人間の行動、人間の思考を規制するものとして、かつて宗教が演じたような役割をつくり出すことでもできれば、これはひじょうにいいことだと思うね。その可能性がなくはない。それは、アインシュタインが言っているような、「宇宙的宗教感情」によって、各人の中にそれを育て、めざめさせるというようなことが起これば……。しかし、望ましいこととして言うだけで、そういうふうにはならないだろうね。

（一九六九年）

日本語のリズムと音

はたして七五調はリズムか

外山滋比古
谷川俊太郎

外山滋比古（とやま・しげひこ）
一九二三年、愛知県生まれ。英文学者。お茶の水女子大学名誉教授。東京文理科大学文学部英文科卒業。雑誌「英語青年」の編集長を経て、東京教育大学助教授、昭和女子大学教授などを歴任。著書に『日本語の論理』『思考の整理学』『俳句的』『古典論』『知的生活習慣』など。二〇二〇年逝去。

まず、声とは何か

外山　ぼくはこんど谷川さんの作品を読んで、現代詩人を少し誤解していたということがよくわかりました。かねがね不満に思っていたことが、谷川さんのお仕事ではずいぶん解消されているわけです。たとえば、高度の意味の笑いが現代詩にはないということ、それから声の問題ですね。現代詩の優れた作品が、みんなリズムとか声を失っている。仲間うちでは通ずるかもしれないけど、その声は外へは聞こえてこない。そういう不満を持っていたものですから、「ユリイカ」（1972年9月号「翻訳文化と詩の言葉」）へああいう乱暴なことを書いてしまった。詩人の方からおおいに怒られるのは覚悟のうえで、ひとりの野暮な人間の意見として書いたんです。ところが、谷川さんの作品を拝見して、その不満がだいぶ解消されてしまったわけです。

谷川　日本の現代詩はあまりお読みにならないですか。

外山　読まなかったですね。戦争中、学生の頃ですが、三好達治さんの『一点鐘』などがひじょうに評判でして、わたしは三好さんのばあいは声の要素があったと思うんです。ところが戦後詩人は、あれは古いとか、ありゃしようがないとか言うから、ぼくはもう怖くなっちゃって、そういうのじゃとても、われわれの考えているものとは違うんだなという気がしていた（笑）。西脇順三郎先生には、これは英文学を習ったんで詩を習ったんじゃないんですけど、ときどき教室の雑談では詩の話もあったんですが、西脇先生の詩を含めても、どうもわれわれのような人間が楽しめるものとは少し違うという感じがしましたね。

谷川　ぼくはやはり、声がないという指摘はたいへんもっともだと、あの「ユリイカ」九月号の文章を読んで感じました。ただ、声がないという指摘はその通りだと思うんですが、その声というものが、それでは何かということになると、そうとう難しい問題だろうと思うんです。ぼくが日本の現代詩に声がないということをいちばん感じるのは、自作朗読をしてみるときなんです。そのばあい、結局どういうふうにでも読めるということが出てくるわけですよ。もちろん、ある意味で自由だというところに、日本の現代詩を声にしたときの魅力が、辛うじてあるということも言えると思うんですが、ただやはり、あまり自由にできるからかえってこれはどう考えても詩の声じゃない。ときには芝居の台詞みたいになっちゃったり、ときには浪花節のパロディになっちゃったり、あるいはお経のパロディになってしまったりね。それからまた老大家になると、こんどは逆に、ただのつぶやきになってきたりで、そういうように自由に読めてしまうということが、まさに、日本の現代詩が声を失っているということだと思うわけです。ぼくは英語の詩の朗読をいくつか聴いた経験があるけど、どうしても単調にしか聞こえないんですね。現代詩だけじゃなくて近代詩なんかも読むんだけど、それがみんな同じようにベッタリ聞こえる。「英語の詩を聴いてどう思うか」とあるアメリカ人に訊かれたときに「単調に聞こえる」と言ったら、みんなが失笑したわけです。その経験がひじょうに頭にこびりついているんですよ。失笑したということは、いかにぼくらの耳がそういう英詩の微妙な音楽を聴き取れていないかということの証拠なわけです。しかもなお、ぼくらに単調に聞こえるということは、そこにやはり詩の声というものが一本、基本的にひじょうにはっきり通っていたからだろうと思う。それで、たとえば、英語の詩に声があるとしたばあい、その声というのはいったいどういうものだろうということを、ちょっと伺いたいという気がするんです。

外山　わたしも、詩の声を実感するほど外国語が理解できるわけではないから、推測と知識で申しますと、やはりアイアンビックというような強弱のリズムは、これは詩を考える人がとにかく意識せざるをえないリズムなわけです。それをはずすということもひとつのリズムである。アイアンビックはわれわれには単調に聞こえます。

谷川　なるほど。

外山　アイアンビックは、けっして七五調のような明らかに特別な諧調のあるリズムではない。しかし、とにかく基本型は、自由詩のばあいでもだいたいアイアンビックをなんらかの基本にして、そのバリエーションをこしらえているわけです。もうひとつは、韻を踏んでなくても行末に関する意識がある。少し常套句になればわざと韻をはずしますけど、とにかく、行の終わりと行の終わりにふたつのカプレットが出てきたときに、その間の響き合いで、わざと音を、たとえば破裂音で終わったからこんどはちょっとやわらかい言葉で終わらないとうまくいかないとか、そういうようないわば耳で捉える言葉が基本型にある。芭蕉なんかよく舌頭に千転させようということを言ってますが、原稿用紙やタイプに向かう前に、そういう声としての言葉で頭の中のリズムを捉える。そして、これならよさそうだというところで、いちおう安定して文字にいくわけです。ところがわれわれは、まあ今日は谷川さんにそういうことも伺いたいんですけど、実際に詩作をするばあい、どのていどで文字に移るか。耳からの言葉として作品を完全にキャッチできるていどになって原稿用紙に移るのか、それとも原稿用紙のうえでいろいろ変化させて最終的な形にまでもっていくのかということですね。やはりわれわれの言語観は、昔から文字を大事にするという伝統もありますから、とにかく紙に書きつけてはっきりさせる。言語の視覚的イマジネーションが強く働いていて、形にしてみないと、全体のギリギリの線が捉えられない。耳だけではなんか不安だという気持ちが、読者にもあるし、作者の側にもあって、聴覚的イマジネーションに訴えるものが少ないように思うんです。

詩人が自作朗読するばあいでも、結局、聴いている人はそれを文字に一度翻訳して、そこで初めて理解するんじゃないか。少なくともいつも文字が意識下にあるんじゃないか。聴覚的なものとして自立できるような詩は、俳句、短歌を入れてもひじょうに少ないんじゃないか。それは、詩歌の世界だけじゃなくて、講演なんかでも、高度のことを言うとすぐわからなくなってしまう。

本にするときには、濃度を濃くして書き足したりすると読むに堪えるけど、講演そのものは、どうもあまり書物になると喜ばれない。ヨーロッパでは、講演がそのまま本になったばあい、かなり高度の学術的文化的な書物になる。一般に講義と訳されるレクチュアというのは、日本の講義とは違っていて、講演と講義と学術書みたいなものを全部含んでいて、それが本になる。読んでも、雑駁なものを集めたという感じが少しもしない。つまり、彼らは耳からかなり抽象的、知的なものを捉える力を、日常生活の中にもっているんじゃないですか。

二重言語を考える

谷川　それは要するに、言葉そのものの問題だと思うんです。たとえば、これは笑い話だけど、うちの父は哲学をやっている人間だけど、戦後初めてギリシアへ行ったわけです。するとギリシアの店屋の看板に哲学用語が使ってあるという印象を持ってね、たいへん彼はびっくりした（笑）。これはもちろん当然のことで、ドイツ語であれギリシア語であれ、日常的な言葉がそのまま高度に抽象的な思索の言語にまで用いられているわけです。ところが日本では、どうしても哲学というと難しい漢語が羅列されていないと哲学じゃない。話し言葉で哲学を発想する学者はひじょうに少ないし、ともするとそういう学者は異端視される。そういう日本語の、やはり漢語を輸入してできあがってきた特殊性がとても強いと思う。

講演のばあいでも、話し言葉だから、同音異義の多い漢語は多用できないので、なんらかの形で話し言葉に言い換えていくわけでしょ。それがそのまま文字になると、軽くなるんだろうと思いますね。

外山　そうですね。昔から漢字は高級なものであり、仮名はだいたい耳の言葉、声に近いものですから、日常的な、あまり価値のないものという偏見があって、改まるとみんな漢字的な言葉になる。ヨーロッパにはひとつの言語しかないのに、日本にはふたつの言語、つまり漢字と仮名があって、書くときには漢字をふやして書き、話すときにはそのままでは同音異語がたくさんあるから、誤解が生じないように適当にやまと言葉に置き換えて話す、その漢字と仮名のふたつを、われわれは言語と言っているわけです。

ヨーロッパは、だいたいが話し言葉の系統ですね。哲学も話し言葉でやらざるをえないし、詩も学問も話し言葉だ。日常の会話はもちろん話し言葉です。そこには、いい意味でも悪い意味でも一元性がある。悪い点は、やや抽象的な思考に関しては、ひょっとすると、ヨーロッパの人たちはかなり苦労せざるをえない。術語なんかをやたらつくらないと、自然科学の人はひじょうに困るというような問題が起こると思います。

日本では言語の使いわけがあって、明治の初めにヨーロッパの文化を輸入するときには、なるべく高級なものとして受け取りたいという気持ちがあったでしょうから、哲学なんかもっとも学問の中心ですから、これは漢語でやらなければならない。〝存在〟というのを〝あること〟なんていうんじゃとっても駄目だから。〝ザイン〟は〝存在〟と訳す。ザインは英語のbe動詞ですから〝あること〟でいいんですけど、それじゃ学問らしくない。〝知ること〟は〝認識〟と訳すというように漢語系の用語をこしらえて、日常の言語とはあまり混同されないところで自立性を保たせた。明治の二十年前後にいちおうヨーロッパの知的認識の最小限の言葉の、名詞はだいたい、漢字二字で押さえた。これは明治の人のたいへんな功績だと思う。わりあい複雑な概念を、〝何々すること〟なんて言わないで、漢字二字で押さえたというのは、明治の人の手柄だと思いますが、他方、日常の耳の言葉には、言い換えがききませんから、学問の言葉は耳ではちょっと聞き取れない。どうしても本を読まなきゃいけない。そこで、日常の世界との間に、大きなギャップができたわけですね。詩のばあいにも、やはりヨーロッパの新しい詩に触れた人には、そういう声というものから離れたところへ行こうとする傾向が、少しはあったんじゃないかという気がします。

谷川　すでに新体詩が書かれ始めたころに、われわれは完全に二重言語だったわけですね。ぼくらなんかでも、ちょっと言語について考えつめると、やはりいまだに漢字は外国語だという印象がひじょうに強い。外国語だけれど、実際にはそれでわれわれの思考もできあがってきているわけだし、思考のパターンもできあがってきているわけだから、それを排除するわけにはぜったいにいかない。たとえば日本人は漢詩を輸入したわけだけれど、そのときにも、向こうのほんとの音はまったくオミットしちゃって、つまり言語の形だけを輸入して、しかもそれを返り点とかひじょうに器用な方法でうまく取り入れちゃった。どうしてそういうことが行われえたのかと考えると、ほんとにわれわれの民族は不思議だという気がする。そういうように、漢字というものがどうにも逃れようもなく浸透してきてしまっていた。たしかに明治の初年のころの思索家とか翻訳家は、漢字をじつに巧妙に使って、いろいろ西欧の文明開化のものを輸入してくれたわけだけれども、やはりそこで多少時間がかかっても、もっと噛みくだいてくれれば、いまの詩の問題でもずいぶん違った形になってきているだろうと思うんですよ。違った文化圏からのいろんな概念というのは、実際にわれわれの生活には根をおろしてないわけだから、対応する言葉がない。それを表現するには、漢字はひじょうに便利だったわけでしょうね。

朗読にとって意味とは何か

谷川　ところが、外山さんの言っておられた女性化された文字、たとえば平仮名ややまと言葉が、どっちかといえば耳からは了解しやすいと言えると思うんですけど、実際にそういうものだけが日本人の耳に快いかというとかならずしもそうじゃなくて、全共闘の学生なんかが使っている言葉を聞いてもわかるように、ひじょうに難解な漢字の羅列というのも、日本人には、ある種の、とてもなんか酩酊できる声として存在しているところがあるでしょう。

外山　ええ。

谷川　ぼくらに近い例で言うと、吉増剛造という詩人がいるんです。彼は比較的漢字が多くてしかも自動記述に近いような形で、いわゆるわかりやすい意味というものなんかはぜんぜん考えないで詩を書くわけですね。それをジャズなんかと一緒に彼が朗読するのを、ぼくは何度か一緒に朗読に行って聴いているんですけど、これがひじょうにおもしろいんですよ、やはり、意味はもう、ほとんどなんにもわからない。だけどひじょうに人間を酩酊させる力があって、彼はまたそこを思い切って強調します。それこそ浪花節からお経から声明《しょうみょう》から義太夫から、全部そういうものを彼なりに取り入れちゃっているわけです。それも意識して取り入れているというより、漢字の多い、そういう自分の詩を声に出すと、自然にそういう節になっていくわけですよ。すごくそれがスポンティニアスなわけですよね。だから、聴いているとひじょうに腑に落ちちゃうわけです、自然に聴けて。それがそれでは声かというと、ぼくにはかならずしもそうだとは思えない。というのは彼はそれをするために、一種のトランスの状態になっている、恍惚状態になっている。つまり二人称的な受け手をいっさい排除してしまうわけですよ。だから聴衆がそこに何百人いても、それへ向かって語りかけるという形ではぜんぜんない。つまりいたこの口寄せのように自分だけ自己陶酔して、詩作品がそこで、こう、なんか屹立《きつりつ》していくわけですね。もうオブジェみたいに。そういうものを外側からぼくら見てね、ハーッて言って拝みたくなるみたいな……、極端に言えば（笑）。

外山　日本にはお経がありますね。あれはまったく意味がわからないでしょう、坊主も聴いている人も。これは物理的には声です。しかし言葉としての声かというと、むしろ音楽のほうに近い。言葉がぜんぜんわからないのにイタリア・オペラなんかくると行くわけでしょう。あれは現代のお経を聴きに行くんだと思う。いま阿弥陀経なんかも、お坊さん自身、何を言ってるのかよくわからないで唱えてる。自分は陶酔しているわけです。聴いてる人もたしかに一種の音楽的効果はあるし、意味はわからないけれども有り難いという気持ちをもつ。オペラにしてもだいたいの意味しかわからないけど、聴いてるとやはりさすがだという気持ちをもつ。カトリックのミサなんかもひじょうに高度のラテン語の表現で、これはまあヨーロッパでも、そういう例がないわけじゃないんです。しかし、とくにわれわれの国では、仏教で長いあいだ培ってきた耳で、言葉を音楽の一部として聴くという伝統があって、それはそれで声になる。ただ、その声というのは、われわれがいま考えている、誰かに語られる言葉としての声とはひじょうに離れちゃっている。詩歌というのは、もう少し声と言葉が近い関係にあっていいんじゃないか。現代詩について、声がまったくないというんじゃなくて、声はあるけれども、その声が独語的であり陶酔状態の声であって、伝達の要素をほとんど持っていないということですね。だからそれを信ずるには、やはり、お経を有り難がるように、ある詩人なら詩人、文学者なら文学者の中へ、読者がいわば帰依する必要がある。帰依すればすばらしい麻薬的効果があるわけですけど、帰依しないと、何がなんだかひじょうにわかりにくい。そういうことでは、やはり耳の言葉というものの発達が、ひじょうに不十分だと思います。

明治以降の翻訳にしても、それは単語を翻訳しただけで、それ以外の、たとえば言葉の流れとか、リズムは翻訳できない。フランスとイギリスの間では、言葉の流れはかなり忠実に翻訳できると言っていいと思うんですが、日本語のばあいは、語脈がひじょうに違いますから、翻訳をするといっても単語だけですね。しかもなんとか翻訳できたのは名詞だけで、それも名詞を漢語に置き換える。言葉の流れ、声、配列はすべてゼロになるわけです。そうしますと、思想とかそういう大きな単位での翻訳はぜんぜんできない。名詞を中心に翻訳して、それをひじょうに近視眼的に眺めてますから、そこにいろいろな想念が出てきて、抽象的なものがますます抽象的にモヤモヤしてきて、いろんなニュアンスを生じた。それがわれわれの頭の中で一種の自律的な結合状態を作って、これがヨーロッパであるに違いないと思い込む。そういう部分がいまでもかなり残ってるんじゃないかと思います。イギリス人なんかも、日本人の外国語の理解の仕方はひじょうに分析的だと言っているわけです。ヨーロッパの人は翻訳するばあいには、作品全体をまずにらんで、この作品はこういう作品だと見当がつくと、それに合わないようなものを捨てちゃうわけですね。アーサー・ウェイリーの『源氏（物語）』なんかもそうなんだけど、全体のイメージが、これは王朝の文学だと、そう思うと、それに合わせて自分の言葉の世界に再構成するわけです。われわれは一つひとつのセンテンスを忠実に追っていかないと翻訳だと思いません。で、日本語の言葉の流れとヨーロッパの言葉の流れの違いを無視して、一つひとつ訳していきますから、頭の中で逆流したり、いろんな不思議なことが起こって、実際には翻訳ということが行われていない。ひじょうに分析的な、部分だけの置き換えをしていて、全体としての翻訳ができていないために、どうしても翻訳の中から、言葉の持っている時間的要素が消えて、絵画的な要素にそれが置き換えられているんじゃないかと思います。

詩的言語と散文的言語

谷川　詩の話に戻るんですけれど、たとえば英語の詩でも、韻を踏むことが少なくなってきているわけでしょう。日本のばあい、われわれにはとにかくいっさいのルールがないわけですね。つまりどういうふうにでも書ける。まあ極端なことを言えば、完全な散文を書いて、これが詩だと強弁することもできる。英語なんかのばあいには、やはりこれは詩ではないという、ひじょうにはっきりした枠がいまだにあるんですか。そういう詩のルールがなくなっていても。

外山　それはひじょうに難しい問題ですね。詩的なものと散文的なものとの本質的な違いというのは、これはI・A・リチャーズ[1]なんかの言ったことですが、情緒的な要素を持っているか、科学的な定義的な意味だけしか持っていないかということになる。これもかなり主観的ですね。読み方次第で、これはかなりポエティックな使い方をしてるじゃないかと言うこともできるわけで、決め手にはなりませんけども、やはりしかし、形式の面がひとつあると思うんです。一行を分かち書きにするという形式。散文の組み方をすれば散文になってしまうものを、あるていどで区切って改行すれば、詩になるわけで、とにかく読み方に関係があるんだと思いますね。散文を読むときと、詩として組まれたものを読むときの読み方の違いが、われわれの国だってあると思います。これはひじょうに大きな形式だと、私はいま思っているんです。

リズムもない、韻も踏まない。だから聴いていると同じようだけども、印刷されているばあいには詩的な形をしている。これは朗読するばあいにも、ある種の規制になります。げんにウォルター・ペイター[2]はひじょうに不思議な散文の書き方をしまして、ワン・センテンスごとに用紙を新しくしていたわけです。そのペイターの「モナ・リザ論」という評論を編者のW・B・イェイツが適当に改行して、現代詩のアンソロジーのトップへ置いたわけです。それで詩になるわけですね。二十世紀の初頭には、そのていどに詩的なものと散文的なものが接近してきて、詩のように組めば詩になる。元の「モナ・リザ論」は散文なわけですから、誰も詩とは思わなかったわけです。印刷上の工夫を加えたらそれが詩になって、多くの人が、これはなるほどもっとも近代詩的な現代詩であるという見方をした。

谷川　すると、日本とあんまり事情が変わらないじゃないかという感じがしますね。

外山　そうなんです。

谷川　ところが、ずいぶん前に吉田健一さんがお書きになってたのを読んだんだけど、英語の詩のばあいには、「あいつはいい詩人だ」というような話題が会話に出てきたときに、ああ、あいつのこれこれの三行がとてもいいというように話が発展する。日本では、あいつはいい詩人だというようなときには、あいつは東大出でなんとかで、誰とかの弟子で、こういう思想を奉じているということが問題になる（笑）。

外山　そうそう。

谷川　そこがすごく違う。それからもうひとつ、ぼくの実際の経験ですが、あるイギリス人に日本の何某氏の詩はどうだと訊かれた。「なかなかいいと思う」と答えると「おまえ認めるんだったら、たとえばいいと思う一行をちょっと教えてくれ」というわけですよ。ぼくはぜったいその一行が出てこないわけです。ぼくのひじょうに親しい人の詩でも、あるいは自分自身の詩でも、つまり空では引用できないわけですよ。すると彼はね、「そんな空で引用できない詩が、そんないい詩であるはずがない」と、こうきちゃうわけですね（笑）。

ぼくはそのふたつの例はとても象徴的だと思うんだ。たとえば、覚えようと思わなくても頭に残ってしまって、ふっと自然に引用できるようなものが詩で、そうはできないのが散文である、というような区別はできないんですか。やはりその点でも、いい散文だったら引用できちゃうわけですか。

外山　やはり引用できますね。ですからヨーロッパには「名句辞典」というのがたくさんある。たえず会話に出てくるわけですよ。なかではもちろん詩が圧倒的に多いんですけど、かなり長い散文もある。ドクター・ジョンソン[3]がこういうときこう言った、こりゃうまい、よし今度覚えといて言ってやろうというんで、そういうのを読んでいるやつがいるんですよ。ちょっと普通の散文と違った性格になっているかもしれませんけど、散文もやはり耳で覚えて口で言える。それも一行や二行の「腹ふくるるわざなり」なんていうんじゃなくて、われわれからみると、よくもこんなものが言えるなあと思うような、かなり長いものを一字一句間違えないで言う、そういうようなところはちょっとわれわれには及びもつかない。

　われわれはそういう必要ないわけですね、たぶん誰かがこういうことを言ってたという、一種の思想的翻訳をして言ってますから、なまのテクストをたえず引く必要がない、したがってそういう名句辞典もあまりないと思うんです。吉田さんはイギリスで教育を受けられたから、かなり酒を召し上がった後でも「ハムレットにこういうことありましたね」なんておっしゃる。ハムレットくらいはまだいいんですけど、ジェームズ・スマイス[4]なんて、われわれは、たぶんあそこで音楽のことを言ってたなとか、そういうことは知ってましても、とても引用なんかできない。吉田さんみたいにすらすらっと、詩の十行ぐらいを言うようにはね。

谷川　言うわけですか。

外山　言えるわけです。イギリスで受けられた教育にも、理屈なんか言わないで、とにかくこれは耳で覚えるというところがあったのでしょう。だからそういう必要なときにテクストが、文字通りに出てくる、これは日本の英文科ではぜったい行われないことです。教育というもののしきたりも違うんじゃないかと思いますね。

谷川　そうですね。吉田さんができるわけですから、やはり日本民族ができないということはないですね。たとえばいわゆる四書五経の素読というのがありますね。ああいう教育を受けた人は、やはり引用できるんじゃないかって気がするんだけど。

外山　そりゃそうですね。

舌の快楽を失う

谷川　ただ、ひとつ気になることがあるのは、日本人は言葉を発音する快楽をあまり感じない人種じゃないかという気がいつもしてるんですよ。それをひじょうに強く感じたのは、ぼくの友人でアメリカ人と結婚したのがいるんだけども、そのアメリカ人の奥さんが、お腹が大きくなって子どもができるんだけど、子どもにどういう名前をつけようかと話してくれたんですよ。そのときに、いろんな子どもの名前の候補があって、それを発音するのが、ほんとにいとおしむように発音するわけですね、何度も何度も。こういう名前もある、わたしの甥にはジェレマイヤみたいな名前があるとかね、ぼくは、なるほどずいぶん違うなと思った。ぼくらはやはり、当用漢字にそりゃねえじゃねえか、太郎じゃ駄目だよ、次郎だよとかさ、そういう感じでしかなくて、名前にアクセントを置いて、ほんとに名前と生まれてくる赤ん坊と同一視して、発音するのがとってもなんかエロティックなみたいな、オーバーに言うとね、そういうことはしないわけですよね。やはり言語を自分の実際の舌とか唇とかを使って発音する快楽を、彼らは持っているんじゃないか。

外山　そうですね。

谷川　われわれはどこでそれを失ったのか、あるいは初めからなかったのか。そういうことに、いまの日本人はどうもあまり快楽を感じていないような気がするんですね。

外山　ことに、大事なものをわれわれはあまり口にしないようなところがあるわけでしょう。自分の亭主の名前を一生涯口にしない奥さんだっている。ところが彼らは「おはよう、ビル」「なになにしてくれないか、ビル」「さようなら、ビル」、たえず言っているわけです。われわれは、ほんとに必要なときにでも「ちょっと、なになにさん」なんて言うと、なんかよけいなものを言っているみたいです。別な意味では、そういう大事なものは言葉を呑んでしまって、心の中でじゅうぶん通じているんですけどね。

谷川　そうなんです。

外山　直接それを言葉に出すと、なにか粗末にしてるようなところがある。自分の名前をちょっと呼ばれると、ビクッとするわけでしょう、みんな。そういうのは一種のデリカシーでもあると思いますけどね。彼らは小さいときからたえず名前を呼びつけられていて、お互いにそういう点で耳と言葉の、舌の上で確認し合った関係というのがあって、ドイツなんかだと儀式があるわけでしょう、ここからおまえとおれは親しい仲になるんだぞ、いままでは改まって呼んでたけど、これからはクリスチャン・ネームで呼ぶんだ、とか。われわれはどんなに親しくなっても、そういうお互いに言葉の上で関係が変わるというようなことは、あまり認めない。

谷川　そうですね。

外山　彼らは女と男が付き合っても、クリスチャン・ネームで呼び合うようになればこれはもうデートもかなり進行して、いつ何時愛情告白をし合っても驚かない。初めからそんな親しそうに呼ぶと、「失礼な」ということになる。そういう親しさの度合いを、言葉にあらわすところがあると思う。われわれには言葉にあらわさないで以心伝心みたいなところがある。もちろん、ヨーロッパだって神のことは彼とかなんとかしか呼べない。やたらに神様を引き合いに出すということは、冒瀆になるわけです。われわれのばあいは、もっとそういう意識が強い。人間関係においても、相手の名前をいわばタブー化する。あなた様なんて、目の前にいる人を遠方のイメージを持った言葉で言う。現実の人間から離れた別のことで、間接的に言及する。そういう点、われわれの言語感覚の中にすでに、言葉にしないで、実際の音声にしないでわかり合う要素というのがあって、どうしても声がおろそかになる傾向が内在しているわけです。

谷川　そうですね。それは名前に限らないようですね。万国博の音楽面を作曲家の武満徹がやったんですけど、そのときにやはり言葉を使うことになって、その録音にぼくも立ち合ったことがあるんです。彼は英語の〝サイレンス〟という言葉、日本語の〝しずけさ〟という言葉、そのふたつを使いたいと考えた。それで、あるアメリカの詩人をスタジオへ呼んできて、サイレンスという言葉を、おまえができる限りいろんな発音、発声の仕方で言ってみてくれ、ということになった。彼も詩人だからすごくうまくてね、〝サーイレンス〟（長くのびやかに）とか〝サイレンスッ〟（短くきっぱりと）とか、いろいろやるわけですよ、それがいちいち違った存在感でひとつの単語が聞こえてくるわけです。一つひとつ違う、沈黙という状態をイメージできる。

ところが、しずけさという言葉を同じように真似て言っても、どうもナンセンスなんですね。〝シーズケサ〟なんて言ってもおかしいだけ。わざとらしいわけですよ。やはり日本人だと、できるだけ心をこめて、しずけさ、とふつうに言うのがいちばんいいというようになっちゃう。どうしてこういうようにふたつの言葉が違うんだろうと考えたんだけど、どうしてもよくわからない。結局これは、少なくとも現代においては、われわれ日本人の言語にたいする感受性が、そういうように習慣づけられているということしか考えられない。いったいどうして、そういう習慣づけができちゃったかですね。

演劇性を回復する

外山 難しい問題だと思います。いまちょっと思いついたんですが、詩を含めて、われわれの国では言葉が演劇的な要素をあんまり持たなかったんじゃないか。言葉のエロキューション（朗読法）などというのは、あまり品のいいもんじゃないと思ってるわけですね。しずけさという言葉をいくつかの朗読のしかたで言うとすれば、なんかちょっとそれはあまりいい趣味じゃない……。

谷川 そうそう、そうなっちゃうわけですね。

外山 声に表情をもたせるのが、なんか悪趣味な感じがするわけです。なぜ悪趣味なのか。ヨーロッパの詩の背景には、言葉にたいして一種のドラマティックな理解の仕方があって、ここではどうしても、こうでなきゃ感じが出ないんだ、というようなところがある。それは聴衆を前提にして、聴衆にたいして効果をもつようにという考え方です。

そこにもひとつ、言葉のアートがあるわけですね。われわれは言葉のアートはもっぱら観念とか思想とか言葉の字面とか、そういうことでいくのに、彼らは、いかに聴く人の耳に快く響くかという演劇的な意味でのアートも考える。その要素がわれわれの社会ではひじょうに弱いから、現代詩を含めて、言葉の中の音声という要素がひじょうに不安定だということになる。

数年前にイギリスの小学校の教科書を見たんですけども、三分の一から半分くらいは戯曲なんですよ。その次に詩が多い、小説なんてほとんどない。日本の教科書を見ると、戯曲は、文部省の方針でのせないといけないらしいんですけど、おしるしにひとつ、多いところでふたつですね。しかもそれは一幕物の一部、切れっぱしです。イギリスの教科書は、シェイクスピアだと、まず、まるまるひとつを教える。それを読ませてから、シェイクスピアの芝居に連れていくわけです。日本のばあい、誰も演劇を否定はしないけど、文学といったときに感ずるのはまず小説であって、その次は詩である。そこから先、戯曲というものもたしかに文学だというけれど、文学的なものとしての実感がどのていどあるか。新劇は思想の媒体みたいな感じであって、他方、歌舞伎はまったく芸能的な世界で芸術だとは認められない。ヨーロッパでは、戯曲といったばあい、まず上演を考える。それが、耳へ訴えるものとしての様式ですね。ところがわれわれのばあいは、戯曲のばあいも大体、読まれるというレーゼドラマの要素が強い。そういう点、だいぶ違いがあるんじゃないかと思います。

谷川　そうすると、たとえば歌舞伎や義太夫や能や狂言は、いまでは文化遺産みたいな形で、実際の日常生活とは切り離されちゃっているわけです、日常のわれわれの話し言葉の世界とは。ところが明治以前では、いまよりはもっと密着していただろうと思うんですけど、そういう状態であれば、いまのヨーロッパの状態に似たような感じだと考えていいものなんでしょうか。

外山　そうですね……。

谷川　ぼくは、外山さんが日本語の詩に声がないとおっしゃったから、それじゃいったい日本にはいつ声があったのかと考えたわけですが、そうすると、やはり七五調というものしかないわけです、少なくともいまの時代から実感できるものは。短歌や俳句や歌舞伎や浪花節というように、七五調が瀰漫《びまん》していて、そういうものが実際の日常生活に密接に関わっていれば、日本語は七五調を中心にひとつの声をもっていたことになるという気がするんですけどね。

外山　そうですね。江戸時代までの耳の言葉、たとえば謡曲とか浄瑠璃とか、そういう七五を基本とするものの耳からの訴えというのは、たしかにいまよりはひじょうにあったと思います。ただそれでも、たとえば漢文を一方ではかなり大事にしていた。「子曰く朋あり遠方より来たる、また楽しからずや」なんて七五調のリズムになっていないわけです。しかし、漢文的なリズムというのもあるわけでしょう。そのリズムのほうが、明治以後の言葉へは強く影響していると思います。明治以降、漢文的なリズムが温存され、和文的なリズムが、消えたとは言えませんけど、かなり少なくなっている。七五調は、なんとなく古いという感じを持たされたわけですね。どこで持たされたかよくはわかりませんけど、なんとなく七五調は照れるところがあるわけでしょう。とくに教育を受けた人には。

谷川　そうですね。

外山　その七五調を離れて、日本語のリズムとして安定したものができるのかどうか。そこに、これからの詩を中心とする文学の問題がある。その可能性があるかどうかということを、谷川さんに伺いたいんですけどね（笑）。

谷川　さっきのイギリスの詩のばあいでも、韻を踏むというルールをはずれても詩が書ける。そうすると日本も同じことじゃないか。七五調をはずしても詩が書けるんだから、結局同じじゃないかとぼくらは思うんだけども、どうもやはりそれはそうじゃないかもしれないというところが、なんかひじょうにぼくらにとって辛いところなわけですね。

外山　だから、詩人が朗読したときに、一種のリズムを、読んでいる人も聴いている人もお互いに感じうるような、ひとつの連帯感が成立しうるかどうか。そういう声によるコミュニケーション、聴覚によるコミュニケーションの基本的なパターンがあるのかないのか、そこがひとつ問題ですね。

ヨーロッパのばあい、自由詩と言っていますけど、いまでもだいたいアイアンビックです。エリオットなんか詩劇を書いたわけですね。そこにはもうひとつ、詩と演劇の結びつきの問題がある。日本のばあい、いま、詩と戯曲を結びつけようとしてもなかなか簡単にはいかないだろうと思う。エリオットなんかかなり通俗的な芝居です。けっして実験演劇ではなくて、一般の観客をも喜ばせてゲラゲラ笑わせているらしい。そんなふうに、詩と演劇の間に親近感がかなりあるんじゃないか。ヨーロッパのばあい、演劇と詩はジャンル上はっきり分かれていても、どっか地下で相通じている。言葉は、ようするに口に出して耳で聞くものだという理解がひじょうに強く、詩人は、それを前提としているんじゃないか。

日本のばあいは、かりに詩人が、自分には鋭い耳があって聞いていても、聞く人にはそのリズムが伝わらない。それはやはり、ひとつは聴覚的なトレーニングが足らない。学校教育なんかでも、ただ字を書くことばっかり教わって、朗読するなんてことは考えない。意味はわからないけど、ああ、きれいな言葉だなというような、そういう経験をもたないで、われわれは学校教育を過ごしてきた。ただ例外は、国文学の古典をやってる人で、陶酔的に読む人がいるんですね。「いいですねえ」なんて、こっちはなにがいいかわからないけど。ところが近代文学をやってる人は、おおむね思想で、言葉ではない。古典をやってる人は聴覚的にテクストを覚えていて、源氏物語なんかも割合長い部分を引用する。だから訓練すれば、日本人だってできるはずだと思うんですね、さっきの吉田さんの例をはじめとして。ぼくらには、その訓練がない。「あなたの読み方はまずいじゃありませんか」てなことは、あまり言われたことないでしょう。

はたして七五調はリズムか

谷川　ぼくはやはり日本の現代詩に声がないというばあいに、それは詩人がいくらひとり相撲をやってもしようがないだろうって気が、ひじょうに強いですね。

外山　そりゃそうです。

谷川　つまり詩人というのは結局、自分の独創だけで勝負できるわけじゃなくて、やはり同時代の人間の共通の感受性から、なんかを掘り起こすということが務めだとぼくは思うから、そういう共通の感受性がない限り、詩は成り立ちようがないと思うんですよ。それは教育の問題、もっとも広く言えば文化の問題なんだけど、日本人全体が言葉に声を持つようにならないと、詩も結局声を持つことはできないだろう。はたしてそういうことがこれから必要なのかどうか、というような問題ももちろんある。それはあってくれたほうがいいだろうとは思う。いずれにせよ、小学校教育から、もっと言葉を声にすることを大事にして、朗読の時間、話し方の時間、会話の時間、いろんなものがはいってこなきゃいけない。そして、まず第一に、日本の古典をもう一ぺん暗誦させるような教育が、これはどうしても必要になってくるだろうと思う。

外山　そうですね。ただ、一方でいまテレビのコマーシャルなどというものが、これはいろいろ問題があるけど、主として耳に訴えている。われわれはむしろテレビ・コマーシャルの音声的なものにたいして違和感を持つばあいが多いが、いまの小学生、中学生は、そういうものにたいして、もう少しやさしい受け取り方をしているわけです。われわれは、内容的にくだらないし、誇張が多いからよくないとだけ考えて、音として鑑賞する力がひじょうに弱いわけです。何回聞いても、なかなか耳で覚えられない。ところが中学生なんか、一ぺん聞くとすぐ覚えちゃって、あくる日もう学校で言っている。彼らは内容ももちろん知らないわけじゃないけど、主として音声としての受け取り方をしている。その点ではやはり、詩がこれから音声を獲得していく上では、いまは憎まれっ子みたいなテレビとかテープとか音楽とか、そういうものがひじょうに重要な役割を果たすでしょう。そういうことから言うと、戦前の教育を受けたわれわれは、ひじょうにまずい立場に置かれているように思うんです。

谷川　ぼくが不思議に思うのは、日本人の音楽感覚なんですけど、これもやはり明治以降は洋楽一辺倒になって、まあ、いまやっと少しそれにたいする反省があるけれども、いちおう西洋音楽だけを教わってきたわけです。ところが、われわれが自然に発する音楽は、はっきり日本的な音楽体系の上にのっかっているわけです。たとえば「みうらくん、あそびましょ」という、これはもう明らかにわらべ唄の原型にはっきりのっかっちゃってるわけでしょ。それ以外の言いようは、ぼくらできないわけです。それほど音楽的なものが、新しい教育によっても破壊されないぐらいめんめんとして強く残っているのに、なぜ言語の声のようなものが破壊されたのか、逆に言えば、ぼくは、結局明治以前にも声はなかったんじゃないかという気がするわけです。ほんとに存在していれば、そんなにかんたんに抽象的なもので壊れるはずはないわけなんですね。だから、歌舞伎があろうが、義太夫があろうが、短歌があろうが、俳句があろうが、日本の詩は、昔からヴォイスを持ってなかった……、なんかそんな気もするんですけどね。

外山　それはひじょうにおもしろいご指摘です。ようするに中国から言葉がはいってきて、日本語はそれを発音記号にして書かれたという、そのへんから、じつは音声というものがひじょうに虐げられてきた。大昔には、たしかにあったかもしれません。文字を使い出してから、われわれは、結局ほんとのリズムがわからないから、むしろ七五調というようなものが出てきた。あれは本当はリズムじゃないわけですよ。シラブルの数の長短だけでしょう。音楽的な、高低のリズムじゃない。長短の長さで、しかも長短のリズムにはギリシアなんかの長母音と短母音の結合というリズムがあるわけですけど、それとも違う。シラブルの数が物理的に五つか七つか、このコンビネーションにかかっている。

谷川　そうなんです、あまりにも硬直して単純すぎるという感じですよね。

外山　そういうところから言うと、われわれはどっかでほんとの意味の言葉のリズムというものは忘れてしまった、ないしはあきらめた。それでたとえば中国からきた五音と七音に合わせて、それを日本語の一つひとつに当てて詩ができるんだというような、いわば大昔の翻訳詩みたいなものが基本にあって、ほんとのわれわれが使ってる日常のやまと言葉のリズムは、あったかもしれませんけど、消えちゃった。結局五音と七音というのは、中国の漢詩なんかの音の形式を踏襲しているわけですから、ヨーロッパの詩型をわれわれが踏襲していることのもっと徹底した形です。しかも言語の性質をほとんど無視している。そういうことを考えると、はたして七五調はリズムであるか、という問題に到達するわけです。

谷川　ぼくはどうも、そう考えたほうが納得がいく感じがする。そういうように前提がないみたいなことになりますと、こんどは逆に、ぼくなんかにはひじょうにあるはっきりしたリズム感ってものがあるんですね、日本語に関して。これはまったく定型化できないんですよ。まあ意識して、一所懸命調べりゃわかるのかもしれないけど、自分でそんなことやるの馬鹿馬鹿しいし、やらないんでわからないんですけどね。つまりそれは、書くときの問題にももちろん関わってくるし、それから書いてから推敲するときの問題にも関わってくるんですけど、自分ではまったく定型化できないけれど、こうでなくちゃ駄目だという、つまりなんか語と語の間のリズムのとり方っていうのはどうしてもあるんですね。

ぼくの詩は現代詩の中では比較的わかりやすいと言われてるんですけど、ぼくのわかりやすさというのは、内容もあるけれど、もうひとつ無意識のうちに、ぼくの持ってるリズム感みたいなものが大多数の日本人に共通なんでわかりやすいんじゃないかって気が、前からしてるわけなんです。そう考えてみると、いまの日本人には意識化されてないけれども、ある微妙な日本語としてのリズム感があるんじゃないかという感じがするんですよ、隠されたものが。

外山 それはありますね。ですからぼくは、ひじょうに恥ずかしいんだけど、こんどこの機会になるまで、谷川さんの作品を拝見したことがなかったんですよ。マザー・グースの訳(『スカーリーおじさんのマザー・グース』中央公論社刊、一九七〇年)がおありになって、『マザー・グースの唄 イギリスの伝承童謡』(中公新書、一九七二年)を書いた平野敬一さんが、谷川さんの訳はすばらしくいいということで引いてあるわけですね。日本の詩人でも、こういうリズムを持っている人がいるんだなということくらいしか知らなかったんです……。だいたいぼくは現代詩に、一種の恐怖心を持ってる(笑)。リズムもわかんないし、言ってることもよくわかんない。こんどじつはおそるおそる読んだところが、とにかく親しみのある温かい感じがするわけです。だから、ぼくの日本語の感覚がそんなに標準的とは思いませんけど、われわれの中に眠っている何かに触れるところがこの作品にはあるということは、ぼくは実感できたわけです。寝るときなんかにちょっと拝見して、今日は三つぐらい読んで寝ようと思って、そうすると三つがね、もうひとつ読んでみたい、もうひとつ読んでみたい。そこに、言葉の意味とかじゃなくて、日本語の無意識のリズムに触れるところがあって、読んでる間にだんだんこっちが共鳴を起こしてくる。それがとても楽しいという感じですね。

これで正直な話、ぼくは現代詩においてひとつの開眼をしたと思いました。いままでは一度もそういう経験がなかった。谷川さんのを読むとまずリズムがあって、声を出してみたくなる衝動を感ずる、それからもうひとつ、ときどきニヤッとしたり、ふっと笑いたくなる。そういう意味ではひじょうにドラマティックな感情が、もし目の前に読者がいて話しかけられれば、ここで笑うだろうなとか、そういう感じがある。いまおっしゃったような、声というものが日本人にはどっかにあるという考えは、たいへんぼくはおもしろいんで、それはぼくの個人的な経験としてもよく納得できる。

谷川　自分の作品が例になったから、どうもしゃべりにくいんだけども、もうひとつぼくがおもしろいと思ったことは、女優さんで詩を読んでる人がいるわけです。この人は芝居の世界から、どうしても詩にもう一度もどらなきゃ芝居がわかんなくなったと言って詩にきた人で、その人はひじょうに積極的に現代詩をいろいろ読んでるわけです。ほんとにあらゆる種類の現代詩をいろいろ読むんですけど、その人が読んでいて、これはおそらくお世辞じゃなくて、彼女の実感だろうと思うんだけど、つまりいちばん読める、声の出せるのがぼくの詩だってわけですね。ほかの人の詩の中でももちろんそういうのもあるけれども、量的にぼくのがいちばん多いと。それはかならずしも内容のわかりやすさとは違うんですよ。というのは彼女は、もっといわゆるポピュラーな詩人の詩を読んでも、なおかつそうだというわけです。そうなるとこれは一種の、大きな意味でリズムの問題なんじゃないかと思った。

それからもうひとつ、内容的にはちょっと自分でもわけのわかんないようなことを、ぼくは全部七五で書いてみたことがあるんです。するとね、いままでぼくの詩、見向きもしなかった人が「こないだの詩、あれちょっと感動したよ。意味はわかんないけどね、内容は全然わかんないけど、あれはいい詩だった」、こう言ったわけですね。それでぼくは、なるほどな、言葉のリズムはこういうものなのかと思った。つまり七五で書いちゃうと中身が支離滅裂でも、なんか人間を感動させるものがあるということですね。

外山　そうですね。

谷川　やはりそうなると、言葉を声に出したときの、あるいは黙読してて声にしてるときの、なんか言葉のうねりとか、そういう微妙な間《ま》とかっていうものは、そうとう大切なんじゃないかなってことは感じたんですけどね。

西と東のリズムの違い

外山　ぼくは、日本の関西系の言葉のリズムと、関東系の言葉のリズムとは違うんじゃないかと思っています。関西系は七五調というものに合う、ようするにピッチ・アクセント。キイノクニというようなことを言うわけですね。関西の人は木の国、カントリー・オブ・トリーズと言ってるわけでしょう、それを東京の人が聞くとキイノクニと聞こえるわけです。そういうリズムで五音の最後をひっぱると大体六音になるわけです。

谷川　なるほど。

外山　ですから、五と七のようなアンバランスじゃなくて、六音と七音ぐらいのリズムで、ヨーロッパでいえばアイアンビックみたいな、長短のわずかな差になる。ところが関東の人がやると五と七が、ガタピシガタピシね、高さが違う下駄をはいてるみたいになるわけです。

だから明治以後、ヨーロッパの詩を七五調でうまく訳せた人はだいたい関西系に近い人です。たとえば朔太郎みたいな人は、やはり関東ですから自由律にはいいんですよ。固有名詞を出して地域を問題にすると、必ず反証があがってくると思いますが、西脇先生のような新潟の方とか、朔太郎とか、まあ啄木でもいい、賢治でもいいです。そういう人はなんとなく非関西的であるとかりに認めますと、これは明治以後の、声を失った新しいリズムに向かった人々は、七五調の伝統からみると、周辺的ないしは局外にいられた方々で、したがって、現代詩の主流がそういう非七五調圏にある。

一般には、まだ七五調のリズムを多くの人が意識している。ところが、そういう七五調のリズムに属さない言語圏や文化圏におられた人が、ヨーロッパの詩に学び、それをあるていど刺激として、そういうものを導入した。そうすると、両者の間にあまりにも大きな断絶が起こってくるんじゃないかと思う。その中間的なところで、七五調のリズムもわかるし、それから新しいリズムも知らないわけではないというところに、ぼくは中間圏のいい意味の二重性というものがあると思う。もちろん旧態依然たる七五調では困るけれども、そうかといって、まったくリズムというものが消えてしまったような現代詩でも困る。それが、われわれ詩に入門できないでいるあわれなやつの気持ちなんです（笑）。ぼくは、谷川さんのご本を拝見して注目したひとつは、谷川さんのお父さんは愛知県で、そういう、やはりこれは中部圏の言語の伝統に属して……。

谷川　外山さんもあの辺でしょ。なんだ、だいぶ我田引水になっちゃうじゃない（笑）。

外山　浜松から名古屋ぐらいですよ、両方の言葉が合流するのね。クモというのが空の雲でもありスパイダーでもあるというように、どっちもふわふわしてるんです、あの辺。そういう意味では一種の混淆《こんこう》ですね。しかし、いまのような時代で、いわば、七五調が絶対だとか、それを壊すのがいいんだとかいうように、一辺倒的にならないとすれば、そういうふたつの言語のいわば緩衝地帯が意味を持ちうるんじゃないでしょうか。

谷川　ぼくの母は京都だから、ぼくもちょっと定型詩寄りかな。

外山　そうかもしれないですね。いままで現代詩は東男《あずまおとこ》の系統が強いじゃないですか。

谷川　そうですね。それでおもしろいのは、最近「オーラル派宣言」というのを出そうとしてる片桐ユズルさんとか秋山基夫さん。片桐さんはもともと東京なんだけども、関西に移ってそういうことになったわけです。たとえば大阪の小田実《まこと》とかそういう人たちの話し言葉ってのは、ひじょうになんか魅力がありますね。どうもやはりオーラルなものというのは、たしかに西寄りのほうに強いですね。それは言えるかもしれない。

外山　明治維新が、やはり東側の東京というところを中心に起こった。しかも東京にいた人は薩長土肥のような、そう言っちゃなんだけども、江戸時代はどちらかといえば中心に近くないところの人々がきて、それでヨーロッパのものをカサにきたというところがある。漫才なんかでも関東系の漫才ってあんまりおもしろくない。やはり関西系の人がやると、なんとなくどこがおもしろいかわからないけども、言葉自体の流れに、つい、つり込まれるところがあるわけでしょう。そこで、もう少し口と耳に愛される詩というものが出てくるには、どうしても関西系がいい意味の調和をとるということが必要なんじゃないか。どちらかといえば、もう少し関西に寄ってったほうがいい。いまのはどうも、あまりにも東的という感じがするんですけどね。

谷川　フォーク・ソングなんかでも、関西のほうが先に進んでるんですね。それから京大人文科学研究所系の人たちの語り口は、やはり独特なものがありますよ。あれは話し言葉的な発想が、ずいぶんはいりますね。そういうことは言えるのかもしれないな。

外山　まったく暴論ですけども。

谷川　お国自慢のバリエーションで（笑）。ぼくなんかたとえば翻訳詩のアンソロジーを選ぶときに、やはりぼくのリズム感に沿ったものをどうしても選んじゃう。有名な詩であろうが内容的にひじょうに重い詩であろうが、やはり日本語になったばあいに、ある、なんかぼくのリズムの感覚の枠のなかにはいってないと、詩として成り立ってないという感覚がひじょうに強い。ぼくの選択の基準はそれに尽きちゃう、どうしても。

外山　そういう谷川さんの詩が多くの人に注目されてるというのは、そろそろ日本も、観念詩からリズムの詩へ関心が移ってきてるということじゃないですか。

自己表現を超える

谷川　それで、昨年こういうような試み（『ことばあそびうた』福音館書店、一九七三年）をちょっとやってみたんです（104ページ参照）。これはお母さんのための雑誌（「母の友」）に連載したものなんだけど、そのころ、ちょうどマザー・グースの翻訳なども並行してやってたし、少し自分なりにマザー・グース的なものを書いてみたいと思っていたわけです。結局、日本語はマチネ・ポエティクなんかご覧になればわかるように、ああいう押韻《おういん》のルールをつくっても、それはほとんど耳に感じられないわけです。いったいどのぐらい極端にやれば、耳に感じられるだろうか。語呂合わせなんかだったら、あるていどわれわれは感ずる耳を持ってるわけだから、はっきり日本人が耳で捉えられるていどに韻を踏んだり語呂を合わせてみたりして、そういうルールで専ら子ども相手ということで、気楽につくってみたのがこのシリーズなんです。

外山　これはみんな韻が踏んでありますね。

谷川　押韻と言っていいかどうかわからない、ひじょうにランダムなものなんですけど、とにかく音的に聴いておもしろいものを考えてつくったわけですよ。そうすると日本語のばあい、そういうものを感じとれるていどにやるということは、たいへん難しい。似たような音を、量的にたくさん突っ込まなきゃいけないわけですね。そういうことで、結果的にはひじょうに厳格なルールを持った詩を書くのと同じことになったわけですよ。

外山　そうですか。それはおもしろい。

谷川　たとえば母音のアとイで揃えようとすると、結局アイ、カキ、サシ、タチ、というふうになっていくわけです。そういうものの組み合わせで一編の短い詩をつくっていくわけで、しかもそれが完全なナンセンスじゃなくて、やはりいちおうあるていどの情緒を喚起できるような内容を含ませようとすると、これは普通の詩よりはるかに書くのが難しいわけです。ひとつ書くのに一ヵ月ぐらいかかるのはざらなわけですよ。

外山　そうですか。それはちょっと……。

谷川　それでね、ぼくはそれをやってる最中に、なるほど、押韻とかそういう詩のルールの厳格な詩人の仕事はこういうものなのかってことが、とってもよくわかってきたわけです。そういうルールがあると、自己表現なんてことは全然どっかへすっ飛んじゃう。そんなことする余裕がないわけですね。

外山　ひじょうに厳しい制約があるわけですね。

谷川　あるわけです。ところが、自己表現がすっ飛んじゃって、それじゃやって虚しいかというと、ぜんぜんそんなことないわけですね。むしろはるかに健康な喜びがあるわけですよ。それはやはり日本語なら日本語のなかに、自分の体を全的に没入することができて、その日本語をそこでだったらほんとに信頼できるってことがあるんですね。自己表現だと自己が邪魔になって信頼できないわけです。ところが日本語に、一種、無私なかたちではいってみると、日本語のエネルギーってものはたいへんなものだってことが、ほんとにひしひしと実感できて、ぼくはこれをいちおうやったとき、ほんとに自分がアノニムになれたという幸福感をとても感じたわけです。これはぼくの名前がはずれても、少しオーバーに言えば、わらべ唄と同じように自立して残れるだろうみたいなね。

外山　なるほど。やはりほんとの意味のアノニムになって、そしてそこで個性が出るんでなければね。言葉の精髄に一ぺん没入して、個を忘れる。そして誰がつくったかといったときに、谷川俊太郎って人がつくったんだって言えば、これは本当の古典として……。

谷川　シャンソンと同じで、「詩人の魂」じゃないけど名前は忘れられてちっとも構わないようなもんだ。

外山　しかしあんがい、初めから、おれが書いたんだ、おれが書いたんだというと、それはアノニムになってしまう。逆にアノニムで書かれると、かえって個性が生きる。いままではどちらかというと逆なことを言われてたわけでしょう。定型詩はかんたんに書ける、自由詩は難しいんだと。

谷川　しかし、それはまったく反対ですね。

外山　それはおもしろい。ひじょうに有益なご指摘ですね。

谷川　ただ問題は、これは子どものためということで楽しくやったんだけど、そのルールをもうちょっとゆるやかにして、ほんとに詩が書けるかというと、ぼくはそこへはちょっとまだ行かれないんじゃないかと思う。それは自分の問題でもあると同時に、やはり読者の問題でもあると思うんです。

外山　やはりそうですね。子どもはひじょうに広い受け取り方をするかもしれないけど、いまの大人のほうは、一種の先入主《せんにゅうしゅ》がいろいろあって。

谷川　結局、近代芸術はすでに成り立っていて、その芸術観は、これはやはり抜き難くあるわけですよ。ぼくが自分で言いたいことは、こういう形式では洩れてくるものがどうしても出てくる。これは平仮名だけで書いてあるわけだし、実際は漢字がわれわれの思考の大半を占めているわけですからね。だから、こういうことがそう容易に発展するとはぜんぜん思わないわけですけどね。

読者は聴衆である

谷川　そのなかの何篇かを含めて自分の作品を、アメリカの大学へ詩の朗読旅行に出かけたときに、読んだわけですね。一番最初にお話しした、英語の詩が単調に聞こえるというのは、その席上だったんだけど、こんどは逆に、ぼくができるだけ多様に自分の詩を日本語で読んだわけです。彼らの耳は、それを全部スタッカートだというわけですよ。完全に入れ替わってるわけですね。こっちは英語の詩が単調にしか聞こえない、向こうは日本の詩は全部スタッカートだと、こうくるわけですね。なるほどねと思って、ちょっとガックリきた記憶があるんですよ。

外山　われわれはフランス人を見てもイギリス人を見ても、どちらも同じように見えちゃう。スラブ人見てもラテン系の人を見ても同じに見えるけど、彼らはひじょうにはっきりわかる。イタリー人はもうぜったい間違うことはない、何々人なら鼻ひとつ見てもわかるという、われわれはそういうところは、いちおうのっぺり見ちゃうわけです。
　しかし、ヨーロッパの人に日本の詩がわりあいスタッカートに聞こえるというのは、彼らのほうが音程の変化が大きくて、日本のほうが高低の差が少ないわけですから、とうぜんだと思います。いずれにせよ、やはりそれはコミュニケーションの問題で、日本人同士ではちょっと違った読み方をすれば、そうとう微妙なバリエーションも聴きとる。そういう反応力は同一の文化圏のほうが強いですから、外部から聞いていると、どれもこれも同じように聞こえてしまうっていうのは、一般的傾向としては言えるでしょうね。

谷川　ただ、ぼくは主にアメリカ人の詩人たちと、それに二、三のイギリスの詩人たちの朗読を聴いただけなんだけど、はっきり二人称的に読みますね、ほとんどの人が。それはもう、ほんとにぼくはいちばん学んだ点なんです。
　聴衆が第一違うんですね。日本の自作朗読会だと聴衆が大体こういうふうになるわけですよ（うつむくしぐさ）、目を伏せて、つまり名曲喫茶スタイルなんだ（笑）。向こうのやつは、こう乗りだして見るわけですよ。詩人を注目してる。それにたいして詩人は、こうだよって、こういうふうに渡すわけですね（両手をもって渡すしぐさ)。だから反応がひじょうにすばやくて、ちょっとした微妙なことでも、向こうはちゃんと敏感に受け止めてくれる。日本のばあいには名曲喫茶スタイルで聴かれてるから、こっちが少しぐらいおかしいことを言っても、目を上げてどんな顔していやがったんだろうと見るときには、もうこっちは真面目な顔をしてるんだからね。そういう反応の差はすごく感じましたね。これはぼくだけじゃなくて、一緒に行った吉増(剛造)さんなんかもそういうこと言うんですよ。たしかに、受け手の喪失が現代詩の中でもいちばん大きな問題のひとつだと思うんだけど、向こうでは耳を通しての受け手が日本よりはまだあるんですね。

外山 そりゃあるでしょうね。

谷川 おもしろいことに、アメリカと比べてみると詩集の発行部数はむしろ日本のほうが多いんですよ、いま。ところが、たとえば大学なんかを回っての自作朗読旅行みたいなものは、圧倒的に日本は少ないわけですね。

外山 日本では大学へ行って詩人が朗読するなんて、例外でしょう。

谷川 ほとんどないです。向こうの詩人たちは、それであるていど生活したりなんかしてるわけですからね。

外山 詩集は売れなくても、朗読会やって回って、詩の朗読が上手だっていえば充分それで食っていけるでしょう（笑）。ところが日本では朗読なんか上手だって、それはタレントではあるかもしれんけど詩人ではない。彼らは朗読がよければそれで、じゃ詩集読んでみようかという、そういう読者ができるわけでしょう。そういう点では日本の詩人は、ぼくはいつかちょっと書いたことがあるけど、第二人称の読者に照れてるんじゃないかと思うわけです。ようするに日本の現代詩は、すばらしい詩を作ったというヨーロッパの詩人やその作品に沈黙で対面して、なんとかして向こうへ到達できないかと、小野道風《おののみちかぜ》の蛙じゃないけど、なんとかして飛びつこうと、その飛びつくのに夢中で、おれにも読者がいたかってなもんでね（笑）。読者は完全においてけぼりを食ってると思うんですよ。読者はサービスなんかしてほしくないけども、読者に向かって詩ができるという状態を、われわれは明治以後は少なくとも欠いている。

俳諧とか連歌には、作者であると同時に読者であり、読者である人が次に作者であるという、交換作用で、少なくとも一種のドラマティックな状況があったと思いますが、現代詩はどうも、目指すのはヨーロッパの詩で、それは沈黙の彼方にある。なんとかして沈黙を超えて向こうへ到達しようとする、詩というものはそういうものとの格闘において成立する孤独な世界だというイメージが詩人の中にはあるんじゃないですか。

谷川 あるかもしれない。たとえば日本人は、どんなことでもひとつの道にしちゃいますね、茶道とか華道とか。そういう精神態度にも、ちょっと共通なものがあると思う。詩なんかでも、やはり修練の場だという考え方がずいぶん強いとぼくは思うんだな。

外山 だから求道者的な、行みたいなものになるわけでしょ。話し合ったりする、そんな低俗なものじゃないんだ、そんなことでできるものじゃないんで……。

谷川 それで昼間はものすごく一所懸命詩作してて、夜は飲み屋で憂さばらししようみたいなスタイルになってきてね。

外山 読者はその憂さばらしのほうは知りませんからね、これは凄い人だ、われわれの俗なる世界に比べて詩人はなんと純粋なることよ、と思う。読者のほうでも詩人との対話なんかとても考えないから、ただひたすら黙々と読むわけです。沈黙の対面です。そしてなんとなく自分の中に生ずる妄想みたいなもの、これを詩だと思うわけです。

活字文化から音声文化へ

谷川　こないだ、山本健吉さんがお出しになった本（『漱石・啄木・露伴』文藝春秋、一九七二年）の中で、日本の近代詩をもう一ぺん、たとえば漱石の漢詩あたりから見直そう、新体詩よりもはるかに漱石のほうに詩的達成があると指摘なすったのを読んで、とてもおもしろかったんだけど、そういう意味では逆に、現代詩の中にもそうとう漢詩的な伝統があるような気がするんですよ。漢詩は中国語的声を失っているので、黙読的に読む。しかもあれはとても孤絶した感情の詩でしょう、ほとんどがね。どうも詩というと、まだ漢詩的なものが残ってるような気がしますね。

外山　とにかくわれわれは、漢詩を読んでも、ヨーロッパの詩を読んでも、日本の詩を読んでも、詩人がそこでジェスチュアをもって朗読してるというイメージがどうしても浮かんでこないでしょ。実際にはジェスチュアをもってるわけですよ、ところが漢詩なんてまったく生きている詩人のイメージはないわけですね。ただ肖像画でも見てまったくスタティックなイメージをもっている。口角泡を飛ばして自作を朗読している詩人のイメージはついに浮かんでこない。

谷川　それはべつに、いい悪いってことじゃないとは思うんですけどね。それじゃ連歌なんかの伝統はどうなったか。ぼくはこれは同人誌になっちゃったんじゃないかって気がするんですよ。連歌は広がりのある読者を対象とするよりも、むしろ自分の弟子たちとか、わりと狭いコミュニケーションでしょう。同人雑誌は、そういう一種の排他的なコミュニケーションがありますからね。そういうものをぼくら、もっと広い世界にしようということは考えてるんだけど。

それともうひとつ、日本という国の識字率の高さと、それから印刷メディアというものの異常なぐらい膨大な成長ということとも、現代詩は無縁じゃないだろうと思うんです。やはりこれだけみんな字が読めるということは、もう、口承文芸みたいなものは成立する余地がないってことなんですよ。それから、これだけ印刷物が氾濫すると、どうしてもわれわれは印刷物に向かって書いてしまうわけです。ぼくはそのことにほんとに最近になって気がついたんだけど、なんか自分がひじょうに即興的に詩を書いたわけですね。じゃあそれは、いったい誰に向かって書いてんのかって考えたときに、輪転機に向かって書いてんだって気がひじょうに強くしたことがあるわけね（笑）。これはやはり、ちょっと一種の恐怖だった。

まったく読者の具体的なイメージがなくて、印刷された雑誌のページしかない、これはものすごい不健康なことだと思った。自作朗読を、下手でもやっていきたいと思うのは、やはりそこには明らかに二人称の読者がいて、そこになんか場がつくれるわけですよね、曲がりなりにも。その、場というものに、むしろ詩があるんじゃないかという気持ちがするんです、このごろ。それでやってるわけなんだけど。

外山　ヨーロッパは、印刷文化は十八世紀ぐらいから普及してきますけど、しかしそれを読む層の比率は、現在においても日本よりかなり低いわけですね。やはり言葉といわれて、主として考えるのは音声ですよ。だから言語学はかならず、言語は音声であると書いてある。これは、われわれはひじょうにひっかかるわけです。われわれは文字というもの、活字というものを言語として感ずるでしょう。だからわれわれがヨーロッパの言語学を見て、まずおかしいと思うのは、言語というのは音声である、文字はそれを写したひじょうに不完全な表記である、と、こう書いてあるんですね。ここはぼくなんかが西洋の言語学にたいして、ひじょうに最初抵抗を感じたところで、言語が音声であるとはわれわれは感じていなかったわけです。少なくとも、言語は音声と文字である、と言ってもらいたいわけですよ。ところが彼らは一本化して、言語とは音声である、文字はそれを不完全に表記したものである、その補助手段である、とする。あらゆる言語学がそうなんですよ。どんなに異端の言語学でも、この点は崩していない。

それにたいしてわれわれは、文字化されたものと音声化されたものとは、違うルールが支配してると思っている。ヨーロッパの人は同じルールで処理できると思ってるから、講演がそのまま本になるというようなことも起こるわけです。われわれは文字化されたもののほうが伝達普及力が強いから、多くの人が文字になった言語を言語のいわば主座に捉えて、ヨーロッパの人が主座であると考えている音声というものを逆に脇役にしてしまった。近代化がヨーロッパの先導によって起こったって言うけど、ひじょうに根本的なところで主客を転倒させて、日本的なひじょうに大きな歪曲をしたんじゃないかと思う。ですから、詩においても、活字文化と音声文化の関係をもう一度考えてみる必要があるわけですね。

谷川　まったくそうですね

（一九七三年）

1　アイヴァー・アームストロング・リチャーズ（Ivor Armstrong Richards）／イギリスの文芸批評家・英語教育学者・修辞学者（一八九三—一九七九）。代表作に『文芸批評の原理』（一九二四年刊。邦訳は岩崎宗治訳、垂水書房、一九六一—一九六二年）、『科学と詩』（一九二六年刊。邦訳は星野徹訳、国文社、一九七一年他）など。

2　ウォルター・ホレイシオ・ペイター（Walter Horatio Pater）／イギリス・ヴィクトリア朝時代の文人（一八三九—一八九四）。代表作に『ルネサンス』（一八七三年初刊。邦訳は別宮貞徳訳、冨山房百科文庫、一九七七年他）、『享楽主義者マリウス』（一八八五年刊。邦訳は本多顕彰訳、三笠書房、一九五〇年他）など。

3　サミュエル・ジョンソン（Samuel Johnson）／イギリスの文学者（一七〇九—一七八四）。『英語辞典』（一七五五年）の編集で知られる。「文壇の大御所」として「ジョンソン博士（ドクター・ジョンソン）」と称される。

4　ジェームズ・ムーア・スマイス（James Moore Smythe）／イギリスの劇作家（一七〇二—一七三四）。喜劇「The Rival Modes」（一七二七年）がある。教皇の詩などの盗作者とも言われている。

『ことばあそびうた』(福音館書店)

かっぱ

かっぱかっぱらった
かっぱらっぱかっぱらった
とってちってた
かっぱなっぱかった
かっぱなっぱいっぱかった
かってきってくった

き

なんのきこのき
このきはひのき
りんきにせんき
きでやむあにき
なんのきそのき
そのきはみずき
たんきはそんき
あしたはてんき
なんのきあのき
あのきはたぬき
ばけそこなって
あおいきといき

ののはな

はなののののはな
はなのななあに
なずななのはな
なもないのばな

ばか

はかかった
ばかはかかった
たかかった

はかかんだ
ばかはかかんだ
かたかった

はがかけた
ばかはがかけた
がったがた

はかなんで
ばかはかなくなった
なんまいだ

いるか

いるかいるか
いないかいるか
いないいないいるか
いつならいるか
よるならいるか
またきてみるか

いるかいないか
いないかいるか
いるいるいるか
いっぱいいるか
ねているいるか
ゆめみているか

たそがれ

たそがれくさかれ
ほしひかれ
よかれあしかれ
せがれをしかれ

たそがれくまかれ
きつねかれ
けれどおちうど
かるなかれ

たそがれはなかれ
みずながれ
なかれたたかれ
かれののわかれ

「書く」ということ

鮎川信夫
谷川俊太郎

鮎川信夫（あゆかわ・のぶお）
一九二〇年、東京都生まれ。詩人、評論家、翻訳家。四七年、田村隆一らと詩誌「荒地」を創刊。詩集に『宿恋行』『難路行』、評論に『鮎川信夫論 吉本隆明論』（吉本隆明との共著）、翻訳に『Yの悲劇』『Xの悲劇』（共にエラリー・クィーン著）『シャーロック・ホームズの冒険』（コナン・ドイル著）など多数。八六年逝去。

邂逅

——今日はフリートーキングでお願いします。世間話とか、私的な話をしていくなかから詩的な話題を楽しみたいと思います。

谷川　世間話といっても、ぼくはあまり世間話ができないんでね。鮎川さんという人もあまり世間話をしないんじゃないかな（笑）。もっとも鮎川さんのほうが、人間に興味を持ってらっしゃるような気がしますけど。

鮎川　そうかしらね。

谷川　そうでもないですか。

鮎川　ほかに興味を持つものが少ないからね、結局ぼくのばあいは。人間の相手をするだけで手いっぱいだからね。ほかに自然だとかさ、花だとかね、芸術だとか、そこまで手が回らないわけなんだよ（笑）。

谷川　たとえば、岩田宏に会うとね、人間が好きなんだという気がする。つまり、友だちのスキャンダルめいた話とか、エピソードとかね、そういうことをよく覚えていて、嬉しそうにするじゃない。ぼくはそういう興味とかね、記憶力はあまりないんですよ。

鮎川 そうかもしれないね。それはね、作品にも出ているよ、そういう考え方とかね。人間好きというと聞こえはいいかもしれないけれど、本当はどうなのかな。しかたないんじゃないかという気がするんだけど。取り巻かれている人間環境から抜け出られないよ。君なんかさあ、わりあいに仕事だというとどこへでも行くでしょ。ヨーロッパだろうが、アメリカだろうがさ。あるいは映画の仕事もやれば、散文もやれば、詩も書けば。

谷川 いままではね（笑）。

鮎川 それができないっていうのは、なんかいろんな錘《おもり》がくっついちゃっているわけよ。だから行きたいなあと思っても、行っちゃあ困るという人が周りにいたりさ。そういうことがあると自然に行動のレインジが狭くなるでしょ。そうすると、せいぜい気ばらしに他の詩人の悪口を言うとか、そんなことを言っているよりしようがないということじゃないかな。

谷川 ぼくも少し、このごろそういうのがわかってきたんです。というのは、もう二十年近くなるんじゃないかな、鮎川さんとぼくが出会ってから。鮎川さんに限らないけど一世代上の、「荒地」の人とか「列島」の人とかに会うとね、なんか凄く陰惨な顔をしているわけね、みんな。無邪気な少年詩人としてはびっくりしちゃうわけですよ。なんか、自分はぜんぜん違う人種じゃないかっていう気がしてたわけね。考えてみると、いま自分が、あのときの鮎川さんとか関根（弘）さんとかにだいたい似た顔をしているんじゃないか、という気がすることがずいぶんあるわけですよ（笑）。

鮎川　今の若い人から見れば。

谷川　自分でそういうことに気がついた点に救いがあるわけだけども。そうすると、いま鮎川さんがおっしゃったように、旅行に行かないとか、他のこともあんまりしないとかいうことのリアリティみたいなものが、少しわかるような気がするんですよ。

鮎川　たしか君に初めて会ったころだったけどね、なんかラジオ無線かなんかの雑誌を見ていたよ。変な詩人が（笑）出てきたなあっていう印象を持ったという記憶があるけれどね。初めから君は機械なんかに興味を持っていたよね。

谷川　いまでも好きですよ。でもね、鮎川さんはぼくから見ると、たとえば会なんかあってもパーッとまっ先に帰っちゃうでしょ。後に残ってくだくだと人と話したりしないし、飲んだりもしないしね。だからどっちかというとぼくは人嫌いで、すごく孤立していてね、日常生活なんていったいどうなっているのか、ぜんぜんわからない人だというふうに映っているんです。でも、書かれたものを読んだり、いろんな人の話を聞くと、けっこうゴルフはうまいし……。

鮎川　いや、まずいんだ。ただわりあいいろんなことに手を出すという、ただそれだけのことでさ。実際の腕前は全部アベレージですよ。そりゃそうでしょ、そんなにうまくなるはずないよ。あるていど集中してやんなきゃあ、なんだって。

谷川　昭和ヒトケタ代のわれわれというのはね、週刊誌などによると、遊ぶことが下手な人種だと決めつけられているわけですよ。そういうものを覚える時期に、ちょうど戦争で食うことだけに一所懸命で、何も覚えなかったし、そういうことをする楽しみも知らずに育ったみたいに言われているわけね。われわれには戦前てものがないけど、戦前のある鮎川さんなんか、まったくそういう遊びには縁のない人みたいに見えるけどね、意外と遊んでいらっしゃるしね、遊んでいらっしゃることとね、書かれた詩や評論とどうつながっているのか、よくわかんないんですよ。

鮎川　ぜんぜんつながってないんですよ。つまり、なんていうかな、つなげちゃ面白くないわけよ。つまり詩人と遊んじゃ遊びにならないわけよ、ぼくには。

谷川　なるほどね。

鮎川　何をやっているのかわからない人間と遊ばなくちゃ、ぼくはあんまり面白くないわけだよ。

谷川　ポーカーなんて、ぜんぜん詩人とはやらないわけですか。

鮎川　詩人とはあまりやった記憶はないね。いつか、信州の山奥に行ったときに、岩田（宏）くんと堀川（正美）くんとやった。あれだけでしょ。

谷川　どういう交際範囲なんですか。

鮎川　しょっちゅう変わるからね、それは言えないわけなんでね。言っても知らないわけですよね。文学上の付き合いは、ぼくにとって、架空というか、抽象的な次元で選ばれた人でしょ、どっちにしても。選ばれた人というのはおかしいけれど、芸術とか文学に携わっている、そういう面での付き合いということになっちゃうわけね。遊び相手として適当だという感じは、あまりしないね。というよりも、人間だから混ざっちゃうじゃない。たとえば村野四郎さんがゴルフをやるとしても、村野さんとではできないね。やっぱり村野さんとはこういう人だという先入観があるでしょ。まずくてもさ、そうあっさりまずいと言えない感じがするとか（笑）、それはへんな例だけど。あんまり無心に遊べないんじゃないかっていう気がする。君なんか、むしろ自分がやっている仕事の専門分野で付き合っている人が、多いわけでしょ、ぼくの何倍も。

谷川 そんなことないですよ。ぼくも、会なんか終わるとパッと帰るというのに近い人間なんですよ。人付き合いがいいようで悪いんだ。

鮎川 ぼくは逆に考えてね、それはあまりにもあっちこっちに会がありすぎて(笑)。

谷川 それはひどい誤解ですよ。ぼくは付き合う範囲が狭いんです。

鮎川 そうかね。

谷川 ゴルフもしなきゃ、なんにもしないんですよ。

鮎川 酒もあんまり飲まない。

谷川 バーにも出入りしないでしょ。だけどぼくは、なんていうのかな、どんなつまんないことをしていても、どっかでこう自分の詩を書く世界とね、日常的世界が分かれるということがないんですよ。ぼくはいつでも、全部包み込んでものを書いていくという感じがあるわけね。鮎川さんなんか、はっきり違うんだ、とパッと分けるね、どうして分けられるのか不思議な気がしちゃうわけ。

鮎川 いや、やっぱり、誰と酒を飲んでも、同じ仲間でもそうなんだよね。田村

（隆一）とか中桐（雅夫）なんか十代から知っているわけでしょ。だけど酒を飲んでいても相手が詩を書く人間だという意識が取れないわけですよ、ずっと。そうすると、なんかまずいんだな。そのまずさというのはちょっと説明できない。

谷川　付き合うのが詩人じゃないということを抜きにしてね、つまりゴルフをやることも経験だし、そういう経験とね、それから鮎川さんが戦前から戦中、戦後にかけてなさった経験とね、そういうことと混じることはないんですか。つまり、まるで違うの？

鮎川　ぜんぜん違うとはもちろん言えないけどね。しかし、文学上の付き合いというのは、なんか本当の生活だという感じがしない。妙な言い方だけど、絶えず文学化したり、抽象化したりするわけでしょ。なんかそういうのは、本当の生活という感じがしないわけ、まず。そうじゃなくて、文学なんかぜんぜん知らない人間とか、そういう人間のほうが肩がこらない。一種のコンプレックスかもしれないね。むしろインテリ的なコンプレックスと言えるんじゃないかな。

谷川　もちろん詩をお書きになったり、評論をお書きになるときには……。

鮎川　それは文学的な次元というものがあるから、自分の考えの中に。そこを標準にして書いているわけですよ。だけどね、それがぜんぜん無縁かどうかということは、自分ではやっぱりわからないことだけどね。

谷川　「ユリイカ」なんかに最近書いていらっしゃる文章は、つまりだいぶ、いままで書かれたのと違う感じでしょ。私小説かどうかよくわからないけど、鮎川さんの実際の、現実の日常生活というものが材料になって書かれている。そこがぼくには、ひじょうに面白いわけだけど。ああいうことはやっぱり評論なんかと違う仕事だと、はっきり分かれているわけですか。

鮎川　分かれているね。つまり評論を書きたいということだね、内面的に言えばね。ところがね、たとえば初め五十くらい書けば、あるていど経験した生活くらいなら書けると思うでしょ。ところが十いくつか書いてみるとね、逆にだんだん経験から遠くなる。というのは、だんだん書くことが、むしろだんだん多くなるということなんだ。書くっていうのはおかしなことでね、ある一定分量書けば終わるっていうんじゃなくてね、書けば書くほど、むしろ増えちゃうということがあるわけですよ。書けないものとか、書き残したものがだんだん大きくなるということ。書いてみればわかるけど、初めは書けないことなんてないと思ってるわけ。ところが実際に言うと、ものすごくたくさんあるわけなんだよ。そうすると、むしろ書けないことが溜まっていくという感じのほうが強くなる。また違うことを考えなきゃ、駄目なんですよね。あんな書き方じゃなくて、純然たるフィクションで書くとかね、そういうことをしなきゃ、山はくずせなくなると思う。実際やるかどうかは別としてね。面倒くさいからやらないかもしれないけどね。

谷川　ああいう「ユリイカ」に書かれているものを書くときの速さは、評論なんか書くときより速いんですか。

鮎川　そりゃあ、速いですよ。だいたい一日でできる範囲という約束だったの。ところがそれも初めのうちだけで、二日くらいかかるようになったり、億劫《おっくう》になってきたりさ（笑）。書くということは、生半可なことじゃできないからね。

「書く」ということの位置

――谷川さんが「何ひとつ書く事はない」と詩に書いて問題になったことがあります。ほんとうに何ひとつ書く事がなければ、書かなきゃいいということになってしまう。ところが、何ひとつ書く事はないと書いた後も書きつづけていられるのは、それが詩の一行だからで、そこから日常言語と文学言語、それから論理言語との違いが出てくると書いていらっしゃいましたが、鮎川さんのばあい、日常的なものを素材にしたものをお書きになるときの言語と、詩、それから評論をお書きになるときの言語との違いを、谷川さんはかりに三つに分けて考えられているわけですけれども、どう考えておられますか。

鮎川　「何ひとつ書く事はない」というのは、なんにあったっけね。

谷川　「鳥羽」です。

鮎川　「鳥羽」の一行だね。ぼくらがそれを受け取るばあい、詩として読むわけですよね。その詩の次元で考えちゃうわけね。つまり、その言葉ひとつだって、それが単にそういう人間の心的状態を表しているばあいもあれば、ほんとうに書くことがないばあいもあれば、いろいろあるわけじゃない。

谷川　だから、それは分けられないんですよ。どうしてもね。その一行の中に実際すべてはいっているわけよね。それを評論というか、注釈というか、自己弁護というか、こういうばあいにはね、これは詩の言語だから、日常の言語ではないんだと言うこともできるけどもさ、実際には何ひとつ書く事はないと書いて、次にすぐ二行目を書けばね、これは完全に論理言語としては破綻しているわけだから、詩にならざるをえないというところがあるけれども。同時に、ぼくが書きたいことがものすごくいっぱいあってね、それを何ひとつ書く事がないと言って始めたかというと、それはそうでもない（笑）。かなり実感であり、もういいや、みたいなことで書いているわけだからさ。そこのところはなかなか論理化できないよね。

鮎川 そういう言葉が出るとね、こんど文学の次元になるでしょ。そうすると、受け取る側から言うとね、いっぱい書くことがあるやつの側から言うと、そういうのはものすごく皮肉を言われた（笑）というようなこともあるわけよ。その瞬間から、そうでしょ。

谷川 鮎川さん、量を書かなきゃ駄目だと何かでおっしゃっていたでしょ。量を書かなきゃカバーできないと。誰かも量を書くことでそれが質に転換するという言い方をしている人もいるし。聞くところによれば、アランという人は、かならず毎日書けということを生徒に教えていたという。ぼくはそういうことは理解できるんだけど、ぼく自身は、書くということがすごく苦痛なほうの人間なんですね。だから、たとえば有吉佐和子さんが三日筆をとらないと手が震えてくると……（笑）、そういうのを読むとね、ぼくはもうびっくりしてね。どうしてそういうことが可能なのか、想像を絶するんですけどね。鮎川さんもそういう意味では、書くのが好きなほうですか。

鮎川　嫌いなほうだねえ（笑）。いや、この十年くらい、ほとんど自発的に書いていないんじゃない。自分ではそう思っているけどね。何回も頼まれてしぶしぶ書いた。書いて、あるていどのところまでいけば熱中したということはありますけどね。だけど、いやだなあ、最後の日までいやでね。それが半ペラ一枚でもいやなんだ。十枚でも一枚でも同じ。というのは考えてみると、やらなきゃいけないということが、締切りまでの期間をかなり拘束しているんですよ。だから、約束というのはすごく嫌いですよね。ぼくはね、今日初めてだよ、この十五年間ぐらいで、二十分も約束の時間に遅れるなんて……。

谷川　ぼく、鮎川さんが遅れたというのを知らないもの。

鮎川　今日は変な事故があって遅れたんだけれども。だから、約束っていうのはいやなたちなの。きちんとやんなきゃ済まないという意識が、たえずあるからね。ずうっと先に約束すると、ものすごく困るわけ、たえず覚えているからね。

谷川　それはほんと、ありますね。

鮎川　そういう人間だから、約束して書くことが好きなわけないんだよ。しかも子どものころから、親父の仕事を手伝っていた。中学二、三年ごろから、親父が小さな雑誌出してさ、一人でやっていたから、それを手伝って埋め草みたいな原稿をたくさん書いていた。そのころから、いやだいやだという意識があったわけですよ。

谷川　でも、やっぱり『戦中手記』にあれだけ細かい字で書いてあるというのはそうとう……。

鮎川　だから、あれだけなんですよ。あのときは、まったく特殊な状況だったからね。書くということが、逆に封じられていた、絶対的にね。そうなるとやっぱり、やってみたくなるということがあるじゃないの。ただそれだけのことですよね。

だけど、そういう状態というのは、その後はないから、そうなるとあんまり面白くなくなっちゃう。しかもあのときは、人に読ませるという意識はほとんどなかったしね。ただ昔、同人雑誌をやっていたころは、わりあい熱心に書いたね。考えてみると、プロになっちゃってからはまったく駄目だね。だからむしろ谷川くんのほうが、初めからプロみたいだったからさ。わりあいきちんとやっているんじゃないかと思うんだけど。

谷川　ぼくも一種の労働ですよね。わりと最初から金を貰ったでしょ。金を貰ったことによって生ずる責任みたいなものに、たえず拘束されていましたよね。いまでももちろんそうなわけだけど、たとえば辻邦生さんがひとつの小説を書くのに、大学ノート何冊かに細かい作品ノートを書くということを聞くとびっくりしちゃうんだけれど。ノートみたいなもの書いたことないんですよね、できるだけ最小限で書こうという気持ちがあってね。ということは、逆に言えば、もともと自分は書くということに向いている人間だという気があまりしないんです。なんか書くことで自分を発見していったり、あるいは書くに至らなくても、いろんなことを考えるだけで快楽を感じる人が、どうもいるみたいなんですけどね。書いたものを読んでみるとそういうタイプでもないし、ぼくは理想の生活というと、本なんかも自分の好きな本だけちょこっと読んで、好き勝手にね、なんにもしないで生活するということが、いちばん向いているような気がしちゃうんだけど。

鮎川　書きながら何かを発見していくという人は、もの書きに向いているんじゃないかね。たいして書きたいこともなくて、三日も書かなきゃ手が震えるという状態で、何か書き出せば自分で面白くなるとかね。

谷川　もうひとつ、自分が生きていくことを救済するというのかね、辛うじて詩を書くことによって生きているというタイプの人もいるわけでしょ。ぼくにはそういうのも、いまだに理解できないところがあるわけです。つまり書くという行為が、それだけ自分の中でせっぱ詰まったものになったということが、まだないわけですね。近頃やや中年のウツ病で、そうなりつつあるところもあるけれども。

鮎川　そうか。ぼくはそれはあるていどわかる。やっぱり書くということが、ものすごく拘束された状態であるというのをわりあい経験しているからね。軍隊その他でね。だから、なんか、書くことで救われるような心理状態になることはあるていどわかるんですけどね。いまはね、はなはだ遠い生活をしているからね、なかなかそうはなれない、ほとんど労働になっちゃってますけどね。

谷川　ぼくはね、とにかく書くということは、いつでも自分の人生がちゃんとこっちにあってね、それに付加されたものだという感じから抜けきれないんですね。いまちょっと、そうじゃなくなってきて、ほんとうの自分の実際の生活とか、遊びとか、いろんなことを含んだ人生っていうものが、そうとう空虚になってきてね、四十になって。それでなんか書くということが、自分の人生の中に否応なしにはいってきているという感じがあるわけですよ。だから、そろそろわかるんだろうと思いますけれど。

鮎川　君のばあいはさ、あるていど実生活と切り離して考えていたわけでしょ、詩を。

谷川　そうじゃないんですよ。ぼくは完全に含まれちゃっているんですよ。含まれているくせにね、書くということが自分のほんとうの生き方に決定的な影響を与えないみたいなこと、つまり書くことで自分が変わっていかないわけですね。自分が変わってから書くわけなんですよ。変わるのは、書くことによって変わるのじゃなくて、何か日常的な具体的なことでぼくは変わっていくわけですよ。

だから自分の書くものの性質が、そういうことにわりと出ているんじゃないかと自分では思うんですけどね。なんというのかなあ、たとえば戦争体験にしてもね、戦争に行った経験はないわけですよね、軍隊も知らないわけでしょ。ぼくらから後の世代の集団疎開というのも知らないし、それから学徒動員も知らないわけ。ぼくらはちょうど、強制疎開の手伝いを自分の家から出ていっては授業のかわりにやったというふうな、一種の谷間みたいなところにあるわけですね。そしておまけに、ぼくはひとりっ子で、比較的中流の家に生まれて、ひじょうに保護されて育ってきたわけですよね。戦争中にもね、戦争の影響というのは両親の保護の壁に守られていてね、ぼくは直接的な被害を蒙っていないわけですよ。ひとりっ子で育ったうえに、そういう、たとえば集団疎開みたいなところで集団に投げ込まれてね、否応なしに人間の戦いの中に自分を置くという経験もなかったし。

なんかひじょうにひとりでね、うまい具合にスルスルと生きてきたみたいなところがあるわけです。だから、さっき人間っていうものに興味がないっていうことも、結局人間を考えないと自分を救えないという状況に置かれた経験が、ひじょうに少ないわけです。恋愛なんかで少しはありますけどね、結婚とかそういうことで（笑）。それはあくまで一対一の関係でしょ。社会の圧力というか、他人のほんとうに生理的な圧迫というものを、ぼくは受けてないとこがあるんですよね。

鮎川　まあ、そうかもしれないいな。

戦争体験と表現

谷川　だから結局自分で考えてみてね、自分がいちばん幸せというか望ましい状態というのは、自分で自分をコントロールできる状態というのが、いちばん好きなんですよ。自分が自分をコントロールできなくなると、すごく、不安になる。たとえば酒を飲んで酔っぱらうということがほとんどないのは、生理的なことにもよるけれども、われを忘れてしまうということが怖いわけです。すべての状態でぼくは自分というものを自分の支配下に置いておかないと、なんか居心地が悪くてしようがなくて。だからぼくの至福の状態というのは、平静であるということなんですね。平静であるということはどういうことかっていうと、自分なりにいろんな外部の圧力があったり、自分のコンプレックスがあったりするんだけれども、それがうまくバランスがとれていてね、一種ニュートラルになっているという状態がいちばん好きなんですね。ニュートラルになっていると、とっても幸せだっていうふうに感じられるみたいなね。だから怒りであるとか、それから極端な喜びであるとか、そういうものをみんな同じように排除していこうという心の動きがあるんですよ。一種クールな状態でできるだけ生きたい。ということは、自分にそうとうドラマチックなことが起こっても、それを卑小化する傾向があるんですね、自分の中で。そんなこと大したことじゃあねえんだ、というふうにしていきたくなるところがあるわけ。どうしてそうなんだか、よくわかんないんですけどね。

鮎川　それはやっぱり育った環境、まあ、いまは過保護の人は多いけどさ、戦争のときに過保護だったという人はわりあい少ないわけだよね。

谷川　そうでしょうね、たぶん。

鮎川　そういえば生《なま》な怒りが君の詩に出ていたなんて、聞いたことがないしね。

なんかそういう生な感情に近づくとまずい、っていう気持ちがあるんじゃないかしら、無意識のうちに。初めから、詩でもやはりあるていど実生活と、実生活というのもなにも私小説的な意味ばかりじゃなくて、そういうものといちおう切り離したところに詩の美学をつくっていくというのは、根本的にはそういうところがあるからじゃないかと思う。そりゃあ、やっぱり「四季」の詩人なんかでもね、たとえば立原（道造）とかね、ああいう人にはずいぶんあったんじゃないかと思うよ。そういう心的な傾向というものがね、無意識のうちにあるんじゃないの。「四季」のばあい、軽井沢派がそうなのね。あそこはだいたいもともと避暑地だしさ。

谷川　ひじょうに抽象的な場所ですよね、あそこは。

鮎川　首都からも遠いしね。首都っていうと、政治とか社会活動の中心でうるさいよね。そういうものから逃れたところで、しかもあるていどの文化的環境というものを持っている。ぼくも学生時代に、たとえば堀辰雄とか、立原道造の最初の詩集に惹かれたから、そういうものはあるていどわかるんだけどね。堀辰雄はどうしてあんなに凝ったのかわからないんだけど、一時全部読んだわけですよ。『ルウベンスの偽画』というのがあって、それがたしか単行本で出ているって誰かから聞いて、あったかどうかいまでもその本を見ていないから知らないけど、それを東京中探したことがある。

谷川　へえ。それは戦争の前ですか。

鮎川　もちろん。早稲田にはいって一年目ですよ。それが、だけど半年ぐらいしか続かなかったですよね、せいぜい長くみて。堀辰雄が『風立ちぬ』を書いたころは、もちろん読んだけど、もうだいぶ興味がうすれてきたような気がするね。

谷川　結局、そうなんだなあ、ぼくの家っていうのは、父なんかも、ぼくはわりと父との関係は淡かったんですけどね、父は仕事ばかりしていてね。それで戦争中、父は海軍の人たちと接触をもって一種の反戦運動に近いことをやっていたらしいんだけれども、そういうことはぜんぜん、こっちも小さかったせいもあって、何も知らされなかったわけだしね。たとえば社会っていうものを、人間、個人が動かしていくんだということを教えられた記憶がないんですね。そのかわり個人の一種の修養っていうのかしら、つまり趣味がよくなければいけないとか、公私の別はきちんとしなきゃあいけないとか、そういうことはひじょうに教えられた記憶があるんですよ。なんかね、戦争の受け取り方にしてもね、鮎川さんが嫌いな、いわゆる自然詩人みたいにね、そうとう自然的な受け取り方をしているんですね。人間が起こして人間がやっているんだということを、空襲されていてもぜんぜん感じないわけですね。B29がきてきれいだとかね、夜中に警戒警報で起こされて眠いのはいやなんだけど、そういうものにたいして自分が腹が立つとか、反抗するとか、こういう戦争はなくなればいいとか、そのためにはどうすべきか、というようなことを中学一年くらいだから考えそうなものだけど、いっさい考えないわけね。

たとえばぼくは、京都で終戦の詔勅《しょうちょく》をラジオで聴いているはずなんですけどね、ぜんぜん何も覚えていないわけですよ。なんのショックもなければ、これでホッとしたこともなければ、これで新しい時代がくるでもなければ、ぜんぜん朝飯食っているのと同じようなことしかないわけですね。いま考えれば、幸運なのか不運なのかよくわかんないけれど、自分の人生の見方の核になるようなね、具体的な経験というのがぼくは欠けていますね。なんかほんとうに、平々凡々たる生活をしてきたというところがあるわけですよね。

鮎川　いや、だけど生活的苦労をしなきゃいけないという理由は、なにひとつないんだからね。

谷川　苦労じゃなくてね、なんか誰でも、そこで人生の見方の基本が決まるようなね、ある経験っていうのを持っているんじゃないかっていう気が、このごろしているんですよ。自分の周囲にそういう人間を発見してね。たとえば、なんかある人間の性格というものをだんだんつきつめていくとね、最後にわりと日常的な経験というものにつき当たることが多いわけですよね。たとえば、このあいだも椎名麟三さんが自分が初めて絶望を感じたときのことを書いているんですけども、両親が別れちゃってね、金がなくなって、大阪かなんかにいるお父さんのところに中学三年の椎名さんが、お金を取ってこいとオフクロにやられるわけですよ。オヤジはけんもほろろに彼を追い返すわけ。そうすると彼はね、大阪駅の構内で生まれて初めて絶望を感じたというわけですね。オヤジは金をくれない、自分が金を持って帰らなければオフクロと自分は生活できないということがわかっているわけで、どうしようもなくなってしまうわけですね。そういうのがやっぱり、あの人の書くもののいちばん基本のところにあるんじゃないかっていう気がするわけですよ。ぼくにはそういう、一種こう自分の人生を決定する事件というのがねえ、二、三あることはあるんだけれども、自分の人生観に深い影響を与えていないっていう気がしちゃうんですよ。だから生活の苦労とかなんとかというと、ちょっと次元が違うんですけどね。

「家」という問題

鮎川　深い影響っていうと問題だけどね、たとえばバイブルの一行が深い影響を与えるっていうことだってあるから。だけどようするに、食うための苦労みたいなものね、かならずしも飯に結びつかなくてもね、それをあんまりしなかったということは人間観とか人生観とかに多少影響を与えるんじゃないかね。ダンテだって、他人の飯には石が混ざっているというようなことを言っているでしょ。あれも、追放されてからだろうけどさ。やっぱりそういうものは、一生離れないんじゃないかっていう気がするね。だから書くものにも影響を与えるんじゃないか。だけど詩人のばあいは、そういうことがプラスかどうかぜんぜんわからない。でも、食いもので苦労したということが一生離れられないっていうのはねえ（笑）。そういうことはないほうがいいと思うけど。生活的なことは抜きにして文学的にみても、谷川くんのばあいっていうのは、君と同じゼネレーションの他のいろんな詩人の文学を考えてみたばあい、やっぱり過保護なところがあると思うよ。おかしなことでね、それぞれのゼネレーションには、そういう詩人がかならずいるんですよ。ぼくらの仲間では田村（隆一）なんかそうだね。やっぱり文学者のタイプとしてみると過保護なんですよ。「文學界」の仲間では中原中也なんかそうですよ、過保護なんて言うと怒られるかもしれないけど。でもやっぱり、そういう質の詩人がいると思うね。なんかそれで通っちゃったという詩人がかならずいる。

谷川　過去に過保護であったかもしれないけれども、あるていど、一家、自分の家族を持ってからは、家父長的な意識が強いんですよ。つまり全責任をしょい込むという覚悟は、ぼくは始終あったような気がするんですよ。

このあいだ山崎正和さんが書いた『鷗外　闘う家長』を大岡（信）が読んでね、すごく面白い、おれは身につまされた、おまえも読め、おまえなんかきっと身につまされて泣くぞって言うんですよ。大岡のぼくにたいする見方っていうのが面白かったんだけど、つまり、ぼくは闘っているかどうか知らないけれど、だいぶ家父長型に見られているわけですね。そうしてみると、「櫂」の連中は家父長型が多いんですね。川崎洋にしろ、大岡にしろ水尾（比呂志）にしてもそうですし、中江俊夫はちょっとそうじゃないんですけど（笑）。ぼくはね、自分をそういう意味ではつねに意識して、自分の足りないところを補おうという意識が、わりと強いんですね。それは作品と関係なく、一種の倫理的な重みみたいな形であってね。なんか自分が、いままでこう幸運に生まれて育ってきたということは、結局強い側とも言えないし、体制側とも言えないいんだけれども、つまり恵まれた側の人間だというふうにいままでは考えるようになってきていてね。じゃあ自分より不幸というか、運の悪かった人にたいしてね、何をどうすりゃいいのかということを、わりと考える質なんですけどね。

鮎川　今の話は、少し湿っぽいなあ。

谷川　湿っぽい、そうかな（笑）。

鮎川　ぼくはね、そういう考えはないんですよ。自分が恵まれた側か恵まれなかった側かということも、あんまり考えないしね。だからべつに、どちらの側にどうしてやろうなんて思わなくていいっていう考え方ね。

谷川　そうね。

鮎川　人間っていうのは、恵まれているかどうかなんてことは、ほんとうはわからないですよ。自分の同じ世代の同じ学校を出た仲間を考えてみてもね、羨ましいと思ったのが、いまではちっとも羨ましくないしね。それはね、むしろ不親切な考え方で割り切っていいんじゃないか。また、どうしてやろうと思ってもできないですよ、実際になると。言うだけに終わるからね。なるべくそういう約束はしないほうがいい。

谷川　そりゃもちろん、そうなんだけれど。鮎川さん、わりといまでも平気で車に乗っているでしょ。ぼくは一年半くらい前から車に乗れなくなっちゃったわけですよ。それは生理的なイライラもあるし不便さもあるからなんだけど、できるだけ排気ガスを少なくしたほうがいいからね。家が地下鉄に近いから、地下鉄に乗ったほうがいいみたいな、そういう心の動き方があるわけね。このあいだ鮎川さんと吉本（隆明）さんが公害のことちょっと話していたけども、やっぱり公害に関しても、ぼくは、どうにかしなきゃいけないって、なっちゃうわけですよ。そうなっちゃうと、自分と自分の書くものとの関係っていうのは、ぼくにとっていちばん難しいわけでね。ぼくはその点では鮎川さんと同じで、ちょっと分けちゃってさ、公害に関しては市民としてやれることは少しはやろうと、作品はしばらく待ってくれよという形で、切り離されているところがあるんだけれど。たとえば、アメリカに行ってゲーリー・スナイダー[1]っていう詩人なんかに会うとね、そこがみごとに統一されちゃっているわけですよね。もちろん彼はインディアンとか東洋の仏教とか、それからもっと密教とか神道とか、そういうものがいかにもアメリカ人らしく混ざり合って自分の人生観とかいうものをつくっていて、彼にとっては公害反対の運動をするということとね、自分の作品を書くというのはぜんぜん矛盾していないわけです。彼は朗読会のたびにね、公害反対のキャンペーンみたいなことを、自分の詩でやっているわけですよね。それを見てて、あんまりみごとに統一されているんで羨ましいんだけど、実際ぼくはそういうふうにうまく、書くもんと実生活が統一できないみたいな感じになっちゃっている。それをつきつめていくと、人間社会の少しでも望ましい未来のイメージっていうのにつながってきちゃってね、そういうところでは、ぼくはわりあい変に健康で、なんかそういうものを追い求めているところがあるんです。だけど鮎川さんたちを見ていると、そんなこと最初からとんでもない、馬鹿馬鹿しいって、パッと諦めている潔さみたいなものを感じてね、そこんとこはぼくから見ると羨ましいという感じがするんですよね。

鮎川　なるほどな。ぼくはあんまり気にならないんだよね。そういうところは日本人なんでね、公徳心がないんじゃないかと思う。

谷川　（笑）

文学の未来と生活の未来

――谷川さんを見ていると、私ということと公ということを厳しく峻別しようとするモラリッシュな意志が強く感じられます。ふつうだったら、生活の不幸こそ文学をする人の幸福だというぐらいに、文学は私怨の代弁になりかねない。谷川さんには、そういう隠微な影がないですね。

谷川 ぼくには私怨がないわけですよ。持ちようがないわけ、ほんと、あんまり恵まれているから……(笑)。

――作品の次元、生活の次元を切り離して考えられるからでしょうか。

谷川 逆にぼくは私怨がないということに、すごくコンプレックスがあるわけですよ。つまり劣等感があるわけよ。なんせおれは苦労してないんだからさ(笑)。下世話に言えば。

鮎川 だけど、私怨ていうのは難しいんだなあ。私怨ていうのは、誰もあんまりないんじゃないかなあ、ありそうに見えても。ぼくだってよく考えてみるとね、自分じゃそうとう私怨のエネルギーを、戦争中に蓄積したつもりなんだけれど、やっぱり持ちこたえるのは大変なんですよ。
谷川 それは未来を断念しているからじゃないんですか。
鮎川 なんでもいいのよ、生きていくうえのエネルギーになっていけばいいわけで、私怨だって、忠臣蔵じゃないけどさ、とにかくあいつをやっつけようと思ってやればあれだけ結束できるわけだ。だからきわめて僅かなエネルギーで、バァッと発散させると、二、三年もの書いて終わりになっちゃうていどじゃしようがない。
谷川 やっぱりその点では、ちょっと世代的な違いがあるんじゃないかな。田村さんなんか、未来にいかなる幻想も持たないのが唯一の幻想だとたしか書いていたと思うけれど、やっぱり「荒地」ぐらいの世代の人っていうのは、戦争体験というのを通過してきて、その通過した後でひじょうにはっきり憑物《つきもの》が落ちたみたいに、自分はもう絶対にこれはもうしないんだみたいなものがあるでしょ。われわれはやっぱりそういう点では、もっと健康っていうのかな、甘いというのかな、飯島（耕一）にしろ、大岡にしろ、川崎（洋）にしろ、ぼくにしろ、もうちょっと未来をどうにかしようという気持ちがあるんじゃないかと思うんです。だからぼくはわりあい恵まれて育ってきたんだけれど、つねにひと足先の自分の生きるイメージというものを、わりと明確に持っているんですね、考えてみると。
たとえばひとりのときには、詩を書き始めたときには、野上彰さんみたいな人になりたいと思っていたわけですよ。ああいう作品を書きたいというんじゃなくて、詩とかラジオ・ドラマとか、そういうものを書いて自立できる人間にすごくなりたいと思って、一所懸命仕事をしたわけですね。次には結婚してね、自分の独立した家を持って、子どもをつくりたいみたいなことがエネルギーになってね、また一所懸命努力する。それがね、全部成就するとね、またいろいろ出てきてね、こんどは逆に、マスコミの仕事はやめて自分の好きな仕事をしたいとかさ。いまやぼくは、東京を離れて群馬県の山の中に家を建てて、そこでマスコミに依存しないで、自給自足で生きたいみたいなね、なんかいつも目の前に人参をぶら下げて生きているところがあるんですね。人参がないと自分を見失っちゃうみたいなところがあるわけですよ。鮎川さんなんか見ると、そういうところがないんだろうなあっていうことがわかるんですけどね。なくてどうしてうまく生活できているんだろうかみたいな感じがしちゃうわけ。

鮎川　そうかなあ。ないわけじゃないけど。いまだって欲しいものは欲しいさ。そういうものはありますよ。ただ漠然と生きているわけじゃない(笑)。

――谷川さんのばあいは群馬の山奥に住みたいということも、文学上の未来に関わっているわけですね。

谷川　ぜんぜん関わっているわけですね。実生活の未来と文学上の未来を切り離せないわけですよ、つねに。一緒くたなんですよ。

――鮎川さんのばあいは、実生活の未来も（そして文学の未来も）断念しちゃって、ただ、いまより楽になればなったほうがいいという程度の考えなわけですか。

鮎川　それはない、不思議にね。生活なんか楽になったってしようがないのよ、ぼくは。べつに食うに困っているということはないしね。そうかって、大金がなきゃ面白くないっていう、それほど金のかかる遊びをやっているわけでもないしね。ただ、いま言った公害ね、公害っていうのは、ぼくはそれほど信用していないね。そりゃね、もちろん水銀中毒とか、カネミの中毒とかね、ああいうのはわかるよ。いま言っている排気ガスの公害っていうのは、あんまり信用していない。マスコミが騒ぐほどにはね。だってぼくはすごく気管支が弱くて、ほとんど慢性の喘息って言っていいくらい、ぼくの皮膚っていうのは異常に敏感なんだけど、それがなんでもないんですよ。むしろ近頃では治っちゃったわけ、滑稽だけど。

あそこは光化学スモッグがすごいなんて言われているところへ行ってもね、どこも痛くならないしね。そんなことあんまり大きな声じゃ言えないけど、ドライバーで目が痛くなったなんてやつはいない。ほとんど学校の生徒と、その周辺でしょ。学校の生徒っていうのは、ぼくもできない生徒だったから知っているけど、誰かひとり、なんだかんだってぐずぐず言い出して医務室へ行けば、おれもおれもと行きたがる心理があるわけよ。まして公害なんていうことをあれだけ宣伝すれば、そういう心理からでもなると思うよ。いまの子どもは、ぼくらのゼネレーションよりもはるかにね、敏感にできているのかもしれないけど。

谷川　いや、もちろん局部的なデータに関しては心因性なのか本当にあるのか、専門家じゃないからわからないんですけどね、そうじゃなくて、つまりオーバーに言えば地球全体の文明の進み方としてはどうなんですか。

鮎川　いまのままでいいとは思わないけど。もうすでに実際ブレーキがかかっているわけですよ、いろんな面でね。マスキー法[2]なんてあるしさ。まあそれに任せているわけですよ。おれは死にはしないと（笑）。ぜったい限界以上になりっこない。限界以上になってみんなバタバタ倒れるとか、それで人類が死滅するとか、そんなことぜんぜん思ってないわけですよ。おのずから限界があって、それでも人類は増えていくし、平均寿命は延びていくんだから。むしろ増えていくほうを止めてもらいたいくらいなんだ。

谷川 もちろん人口爆発だって、つまり公害っていう日本語はちょっと困るけど……。

鮎川 環境破壊だよ。

谷川 その一環として考えられているわけでしょ。そういうことを全部ひっくるめての話なんだけど。

鮎川 だけどひっくるめて、トータルなものとして見れば、排気ガス公害なんて大したこっちゃあない。それだけを取り上げると、ものすごい大問題になっちゃうけどね、トータルなものとして人類の未来という見地から見れば、きわめて小さな問題になってしまう。しかもいろんなうるさい声があるから、現実にどんどんコントロールされていくわけでしょ。だから自然にコントロールされていくもの、自然て言うのはおかしいけどね、政治の力もはいっているんだからさ。しかし、ぼくの目から見れば政治も自然なんだから。

谷川 そうすると、鮎川さんのきらいな「四季派」みたいに聞こえるけどね。

鮎川 ぼくはね、戦争もあるていどはそうだと思っている。全部が人為だなんて思わない。自然だからそのまま肯定しろということじゃないけどね。だけどやっぱり自然ですよ。歴史だって、そうだと思う。歴史というのは短い期間をとってみると、ある恣意的なものが強く働いているように見えるばあいがありますよね。またある偉い歴史家が出ると、そいつの見方が歴史の決定的なキーを摑んでいるように見えることがあるけどね。ずっと時代が経ってみれば、やっぱり自然じゃないかと思う。しかし、そのばあいでも、人間の自然だからさ。人間なんてそうとう不自然なことをやるからね、そういうものを含めての自然だけどね。

政治と文学と

谷川　鮎川さんが前に反戦、中立、それから戦争賛成、どの立場にも立たないっておっしゃっていましたよね、そういうものも、そういう考え方が基礎にあるからですか。

鮎川　そのばあいは、反戦とか、中立とか、好戦、それらは全部政治力に転化すると思っているんですよ。政治に転化するのは厭だね。政治なんていうのはまったく興味ないんです。やりたいやつがやりゃあいいんだしね。変な言い方だけど、勝手にきみたちでやってくれと、白紙委任状を出しているようなもんでね。それで世の中が悪くなってもいいんですよ。こっちは観察していて、こうなりそうだとすればどうすればいいかっていうことを工夫するだけでね。

谷川　ぼくもね、その気持ちはとってもよくわかるんだけどね。やっぱり子どもがいるっていうことで、ちょっとどうしてもひっかかるもんがあるんですよ。子どもをつくったということに、なんかやっぱり責任を感じちゃってね、なんかこいつらが大人になったときに、もうちょっとどうにかしておかなきゃあいけないっていうことがありますね。そういうことも少し違うのかもしれないけど。

鮎川　親としてはとうぜん考えるでしょうね。だけど、きみがいなくったって、子どもは育つよ。

谷川　よく考えてみると、そりゃあそうなんですよ。それと矛盾しているようでおかしいんだけどさ、自分の子どもがどういう人間になってほしいかなんていうイメージがぜんぜんないわけですね。子どもが学校で試験とかいろんなことが出てくると、否応なしに自分の中ではっきりしちゃうんで厭になってきたんだけど、女房はやっぱり教育ママにはならないなんて言いながらね、成績を気にしたりね、なんか少し躾《しつけ》を気にしたりね、いろいろあるわけですよ。ぼくはね、一文無しになっても、ものすごく偉い学者になってもね、どっちでも全然いいような感じしかしないわけね。ただね、どちらになるのも自由なんだけど、そういう一種の選択のできる条件だけはあったほうがいいなあっていう気がするんですよ。

そうなんだなあ、人間の世界の現実っていうのはさ、動物の世界と同じで弱肉強食ですよ。ところがいまや、弱肉強食っていうのをひっくり返そうという動きが強いですよね。つまり弱い者を復権させて、強い者を抑えつけてっていう。それはいまの時代の現実から考えてとうぜんで、それは構わないんだけど、その考え方をつきつめていくと、つまりあらゆる人間は平等であるっていう、美辞麗句にいっちゃうんだけど、そのあらゆる人間が平等であるっていう考え方が、どうしてももうひとつ腑に落ちないところがあるんだけどね。

鮎川 ぼくもそうなんだよ。このあいだ吉本としゃべったときも、それだけなんだよ、最後までこだわっているのは、ぼくがね。おそらく吉本もそうだと思うけど。なんていうかなあ、たとえばほかの動物のばあいはね、平等だと思えるんです。セキセイインコはね、平等だと思うし、蟻も階級性はあるけれども平等だと思うわけ。平等だという感覚がわりと素直にくるんです。だけど人間のばあい、生まれにおいて平等っていうのはねえ、たとえば皮膚の色が違うでしょ。皮膚の色が違うなんて生物学的に言えばまったく問題にならないらしいけど。顔も形も能力も違うでしょ、そして社会的条件も入れたら、うんと差別があるよね。科学的に考えて、些細なことに個人差なんか無視したうえで、ほんとうは正しいと思うんだけど、生まれにおいて平等なことを認めるのはどうもまずい。目に見えるものを否定するのは、どうも不自然なような気がする。むしろ不平等だっていうことを前提にしたほうが、すべてうまくいくんじゃないかっていう気がするんですがね。

谷川 ぼくはねえ、いまたとえば、弱い人と強い人といろんな形で闘っているわけだけど、どっちかに正義があると考えたら、どうにもならなくなっちゃうところがあると思うんですよね。泥沼でね、弱い者が強くなったときに、また逆に強い人が弱くなったら、その強くなった弱い人にまた弱くなった強い人がいじめられるという図式になっちゃうんで、結局弱い強いどっちに正義があるかっていうことじゃなくて、やっぱり自然界と同じように、どっちかが死ぬまでやるっていう、まあ闘いっていう以外に理解のしようがないわけですよ。そういうふうに考えていくとね、どういう人間になればいいかっていうことはどうでもいいわけで、ほんとうにそういう意味では人間は不自由だと思うんだけれど。

たとえば職業に貴賤はないと言う人がいますよね。だからおれはおまえが大工になろうが大学教授になろうが、ちっとも構わない、けれども大工になるんだったら腕のいい大工になれって言うんだ（笑）。ここでぜんぜん平等じゃなくなるわけね。ぼくはどうしてもそういう面ではよくわからないわけですね。ほんとうに平等だったら、腕のいい大工でもわるい大工でも、いいはずだと思うけどね。

鮎川　腕のいい大工なんて、いまじゃ大学教授になるより大変だなあ。だけど、実際生活しているとね、距離の問題というふうに達観していられないわけですよ。だってさ、遠くから眺めているんだったらいいよ、女房だって、はるか遠くで眺めてりゃいいけど、やっぱり鼻をつき合わせて生活しているんだしさ。平等というのは、むしろ逆に、ぼくは差別から脱却しようとする理想だと考えるわけね。それは平等でないから、平等を理想とするっていうことが倫理にかなうというふうに考えるわけです。初めから平等だったら、なにも努力する必要がないわけでしょ。だから倫理的に考えるっていうことの中には、かなり意識的に努力しなきゃならないということが含まれるわけです。たとえば十戒の中に「殺すなかれ」なんてあるけど、いまの人は当たり前だととるでしょうが、それができたときは、殺すのが当たり前だったと思う。だから、殺すなかれっていうことが大きな意味を持ったんじゃないかっていうふうに思うわけです。もしごく自然に行われていることであったら、そんなこと言う必要ないんじゃないかと思う。それと同じに平等ってことも、平等じゃないから、平等っていうことでひとつの意味を持ってくるんじゃないかと思うんですけどね。

谷川　結局、つまり、もし人間が人間を平等にしたいんだったら、文化的な差異もね、生活程度の差異も全部なくさなきゃあいけないみたいなことに行きついちゃうわけでしょ。それを社会的制度として認めなきゃいけないとしたら、そんなことはありえないと思う。地獄だと思うんですけどね。

鮎川　かえってつまらないでしょう。それが天国に見えるのは、差別が存在するからなんですよ。もしほんとうになくなってそうなったら、それは地獄でしょうね。地獄ほど面白くはないんじゃないか。

谷川　だからぼくは、誤解されるかもしれないけれども、この前の吉本さんとの対談でも出ていたけれど、悟りに似た状態ですよね、自分の置かれている状況というものをあるていど悟り的に引き受けるっていうことのほうがね、ぼくは興味があるっていうか、つまり自分はどっちかっていうとそういうタイプに属しているところがあるわけですよね。だけどね、そう言ってしまえば、水俣病も泣き寝入りみたいなことに、原理が行きかねないから、なんかそういうことに関しては、ぜったいそうは言えなくて、やっぱり自分は恵まれた人間だみたいな変なコンプレックスにおちいってしまうところがあるわけですけどね。そういうふうにしないと、ぼくはやっぱり地球上の文化がこれから一体化して、均質化していく面があると同時に、多様化していこうという面がずいぶんあるわけでしょ、どんな未開人の文化も、等価的なんだと、どんな文明社会の文化とも同じようなもんだと。だから同じ価値をもって見なければいけない、ということは地球上でどれが中央っていうこともなくて、つまり西欧文明が主流っていうこともなくて、全部が多様なローカルなままで共存していったほうがいいんだという考え方が、われわれの中にありますよね。そういういろんな文化の中で人間がいろんな生活をしていて、なおかつどっちが優れていてどっちが劣っているという視点を持たないでね、自分の精神的な一種の豊かさの中で平等になるっていうのが、いちばん望ましいって気がしてしようがないんですけどね。

鮎川　そうね。だけど最低の生活条件においては、平等っていうことが尊重されたほうがいいってことは言えるね。

谷川　そうですね。それははっきりしてますね。

鮎川　それ以上の意味はあんまりないんじゃないかね。人間の意識なんていうのは、もともと差別から生じたんじゃないかね。そうでなかったら、意識なんて発達しなかったんじゃないか。違いを意識することから、意識っていうものがどんどん発達したんじゃないかと思う。生まれにおいてまったく平等だったら、人間も意識なんて発達させなかったんじゃないかというふうな気がする。

だけどやっぱり、人類の歴史っていうのを見るばあい、文化もそうだけど、なんかある理想的なものがあってね、ユートピアみたいなものに吸収されるような見方ってあるでしょ。そういうのは、一種のファシズムになるんじゃないかと思う。やっぱりぼくは多様化のほうがいいと思うね。価値とか、方向とか、いっさいよくわかんないんだけどね、多様化していくばあいのほうに賛成するね、とりあえず。それから後のことは、あとで考えるけどね。なにか珍しいものが出てきたとか、新しい学校が始まったとかいうと、なんか応援したほうが、いいんじゃないかという気がするんだよ。

谷川　なるほど（笑）。ぼくはそこんとこ、ちょっと違うんだな。いまぼくは、大ざっぱに言うと、大きなものより小さなものに賛成するというふうになっているんですよ、たとえば東京に住んでいる人間の、一種の生理反応なんですね。たとえば中野駅の駅前に、勤労青少年センターっていうピラミッドみたいなものが建ったんですよ、ああいうのを見ると、生理的にものすごく気持ち悪いわけね。

鮎川 あれ、なんだろうな。

谷川 あれは中小企業の、いい福祉施設のない青少年をあそこで遊ばせてやるっていう施設ですよ。

鮎川 誰がそんなことを考えたのかな。

谷川 美濃部（亮吉）さんじゃないの（笑）。ああいう巨大なものを見ると、生理的にやり切れなくてね。ぼくは杉並に住んでいるでしょ、するとちょっと、巨大な東京に住んでいるっていう気がしないんですよ。というのは国電の阿佐ケ谷駅を中心にして商店街があるわけ。日常生活の用はほとんどそこで足せるわけですよ。それがサイズとしてはいいかげんな大きさの都市なんですね。だからぼくは東京じゃなくて阿佐ケ谷に住んでいるっていう感じなの。友だちが赤坂あたりのマンションに引っ越すでしょ、すると、ぜんぜん違う町に行きやがったなって、なんか一種の敵意を感じるわけですよ、不思議にもね。出掛けるときには、都内を動いているっていうよりも、違う都市へ旅行に行くみたいな心理ね。

鮎川 やっぱりそうですよ、いまの東京はね。誰だったか都市っていうのは、丘かなんかの上に立ってね、ぐるっと見渡せるぐらいがちょうどいいんだとか言っていたが。

マスコミ文化との対決

谷川　そういうふうな感覚があるから、ぼくなんかいまの東京の、マスコミが支配的な文化みたいなものも、どうしてもサイズとして大きすぎてね。一時若いころは、そういうものの中へ詩を持ち込もうとしてたんだけど、いまや反対でね、そこから撤収してね、どっか別に小さな文化圏みたいなものをつくれないかっていうことばかり考えるようになっちゃったんですね。だからぼくは群馬県に隠棲しちゃうんじゃなくてね、そこで食うんだったら、やっぱりどうしても、へたすると電話とか電報でね、東京文化圏とつながっちゃうわけですよね。

鮎川　もっと贅沢になっちゃう。

谷川　逆にね、そうなっちゃう。そうしたくなくて、たとえば上田とか小諸とか、その辺とうまくつながって、食ったり、人と会ったり、生活したりということができないかなあみたいなことを、これは夢想なんですけど、しているわけです。

鮎川さんはそういう意味で、夢はないんでしょ、東京だけでの生活を持続させていらっしゃるわけでしょ。

鮎川 しばらくはないけどね、まったくないとは言えないですよ。いま、君が言ったようなことはちょくちょく考えるよ。だけど、それをあんまり言わないだけの話であってね。戦争中、最後の療養所を出てから、もうこの山奥の村で暮らそうと思ったんだもの。そのときは、だから一所懸命百姓をして、半年ぐらい山畑を開墾して、ヒエを植えたりさ、そんなことばかりしていたよ。

谷川 鮎川さんがそういうことを考えていらっしゃるなら、そのことを言ったほうがいいと思うんだけどなあ。たとえば、ゲーリー・スナイダーという人は、言うどころか自分で完全に実行して、自分で家を建ててね、住むわけですよ。アメリカだから可能だという面もあるわけだけど。彼は自分のライフスタイルというんですか、そういうもので自分を詩人にしているみたいな、ライフスタイルが伴わなければ、言葉のうえだけでは詩人になれないみたいな考え方があるわけですよね。ぼくもどっちかというと、つまりそういうふうにライフスタイルごと変わんないと、自分が書くものも変われないみたいな感じがあるわけね。それでたとえば、鮎川さんがそういうことを言ってくれると励まされるだろうっていう気があるわけです。

鮎川　ただね、ぼくはほんとうの百姓の生活を知っているわけですよ、実際に。だからずっと都会育ちで、しかも中流か、上流の家庭に育って、都会が厭になって考える田舎というのと、ずいぶん違うわけですね。一生ここで暮らすっていう気になったら、村はまったく恐ろしいとこで、都会の地獄なら切り抜けられるけど、とてもじゃないけど、村では駄目だというところがある。結局田舎に憧れるというのは、都会にないものがあるからなんだけど、やっぱり田舎にないものが都会にはあるよね。

谷川　安部公房氏がそれをはっきり言っていますよね。つまりみんなが都会の悪口を言うのは許せない、農村では人間なんか出会えないんだと。都会があるからこそ人間は出会えるんだと言っていますけどね。

鮎川　そりゃあね。君の考えている田舎はただ高級な別荘地かなんかで、いわゆる都会のいいところを、いい自然環境に移してというなら、さっき言った恵まれた生活のひとつの影響ですよ。そうじゃなくて、いわゆる田舎の人間の生活の中に入る、――小さな地方の町でもいいですよ、その生活の中に入っていったほうがいいんじゃないかと本気で考えたとしたらね……。

谷川　いいんじゃないかとは、ぜったい考えてないですよ。ぼくはたいへんな恐怖で、いかにそれをごまかして切り抜けるかっていうことですよ。ぼくがさっきから群馬県て言っているのは、軽井沢に似た抽象的な土地で、ほんとうの田舎ではぜんぜんないわけですよ。そこで、つまりぼくはある違う次元にうまく住んでね、田舎の地獄に入らずに、東京から離れようっていう、ひじょうに虫のいい算段をしているわけ。

鮎川　それは恵まれた生活の……（笑）。ところがね、それを考える人がひじょうに多いんだね、このごろ。

谷川　実際にやっている人もいる。

鮎川　みんなね、ぼくらの同時代の人もいますよ、富士山の見えるとこに別荘を買ってとかなんとかって……。

谷川　ぼくは別荘は厭なの。東京に本拠があって、そこに往き来するっていうんじゃ困るんだな、逆でないと。もっと欲を言えば、多少似たような人間があるていどの集団で集まって、仕事ができるし、話もできるっていう状態にできればいちばんいいと思っているんですよ。ところがまだ、それこそこの齢になれば現世の重荷がいろいろありまして、実際には不可能なわけですよね。だからぼくは気軽にね、ちゃらちゃらと言えているわけですけどね。

だけど、実際ぼくはひとりっ子で育ってきたからね、自分の周囲に何軒か家ができてね、そこにたとえば中江俊夫を呼んだり、大岡一家を呼んだりして、おまえら一緒に暮らさねえかと言って、彼らが奇蹟的にイエスと言えば暮らせるかというと、とうてい自信ないわけね。共存生活するんだったら、ある点でそうとうルーズにならなかったら、できないところがあるでしょう。そういう人間になれるかどうか、ちょっと心配なんですよね。

鮎川　東京が厭になるっていうのはわかるけど。

——谷川さんのばあいそうしないと、つまり文学作品も人間も、破滅に瀕するという危機感があるわけでしょう。

鮎川　いや、そうじゃなくてさ、もっとどんどん仕事ができると思ってんじゃないの。

谷川　そうは思ってないですよ。つまりぼくも鮎川さんと同じで億劫でしょうがないわけですね、東京で仕事するのがね。東京でマスコミを切るということは、すごく難しいと思うんですよね。電話がかかってくるし、義理もあるし。やっぱり地方へ行って電話もなければ、多少生活が苦しくなっても、向こうは忘れてくれるだろうし、切れるんじゃないかという物理的なものがずいぶんあるわけですね。いまの東京に住んでいて仕事ができないかっていうと、かならずしもそうじゃなくて、それは意外に関係なくてね、仕事ができることはできるんですよ、そりゃ。ぼくは都会が好きなんですよ。ひと月も群馬にいるとね、東京に出てきたくなってしようがないわけですよ。そういう人間が行こうっていうのは、あるていど意志の力であると同時に、自分の中の変な想像力がでっちあげた一種の幻想みたいなものなんですよね。それをやってみると無残に失敗してさ、東京に戻ってくるかもしれないし。だけど将来の方向として、そっちの方向のほうがよりベターだという見通しがなぜかあるわけですね。

鮎川 それはぼくだってありますよ。七十くらいになったら田舎に行こう……(笑)。だから君なんか、それが早くきたってことかもしれないな。やっぱりマスコミが厭だっていうのはサービスし過ぎたからだよ。サービスしていると厭になるよ。女房でもそうだけどね(笑)。

谷川 ぼくはサービスしたように見えているけれど、それほどサービスする才能は自分にはなかったと思ってますよ。ぼくは、サービスが苦痛だったという記憶はあまりないんですよ、自分が楽しんでやったしね。逆に言えば、深く考えないでやってきたというところが、だいぶあるわけですよね。第一、金が入るから、やみくもにやったということはありますよね。ぼくはほかに定職がなかったから、それをやるよりしようがなくてやってきてね。やったものは自分の生活の中で興味があったり、楽しんだり、とにかくできるものしかやっていないんですよ。だからサービスし過ぎたから厭というのともちょっと違って、むしろそれもぼく流の一種の倫理的なものなんですね。

昔は、大企業っていうものに自分が協力することはね、日本の経済成長と軌を一にしているんだけど、自分に、とってもプラスだしね、詩にとってもプラスだみたいな考え方が漠然とあったわけですね。でも、いまは敵対的であってね、大企業に協力するのは、戦争協力と同じじゃないかみたいな心理になってきているんですね。そっちのほうが強いんじゃないかと思うんだなあ。昔はたとえば車が好きだったから、自動車会社の広告なんかわりと楽しんでできたわけですよ。いま車に乗らなくなったでしょ、そうするとそれはもう生理的にできないことになっちゃってね。そういう点では、ぼくはわりあい単純に生きてきてると思うんですけどね。

（一九七三年）

1 ゲーリー・スナイダー（Gary Snyder）／アメリカの詩人・自然保護活動家（一九三〇―）。代表作に『亀の島』（一九七四年）、『終わりなき山河』（一九九六年）など。

2 マスキー法（Muskie Act）／大気浄化法（Clean Air Act）の通称。もとは、アメリカ合衆国で一九六三年十二月に制定された大気汚染防止のための法律。一九七〇年、一九七七年、一九九〇年に大幅な改正がなされている。特に一九七〇年の改正法は、上院議員エドマンド・マスキーの提案によるため「マスキー法」と呼ばれる。

初対面　日常生活をめぐって

鶴見俊輔
谷川俊太郎

鶴見俊輔（つるみ・しゅんすけ）
一九二二年、東京都生まれ。哲学者。四二年、ハーバード大学哲学科卒業。四六年、丸山眞男らと「思想の科学」を創刊。京都大学助教授、東京工業大学助教授、同志社大学教授を歴任。著書に『限界芸術論』『戦時期日本の精神史』『期待と回想』『埴谷雄高』『鶴見俊輔書評集成』など。二〇一五年逝去。

留保について

谷川　考えてみたら名前が一字おんなじなんですね。

鶴見　あ、そうですね。今まで気がつかなかった。自分の名前をなるべく避けて通りたい気持ちがあるから（笑）。

谷川　いや、なぜ気がついたかっていうと、桑原武夫さんが鶴見さんのことを「俊ちゃん」と呼ぶ、と書いてらしたんですよ、橋本峰雄さんですか、著作集の月報にね。それでアッと思った。ぼくにも「俊ちゃん」と呼ぶ人がいるわけね、周囲に。ぼくはあんまり好まないんですけど。そういえば「俊」の字がおんなじだと。その「俊」の字というのが眩しく見えるということを、橋本さんは書いてらしたんですが、名前が一字同じだってことはとても大きいんじゃないかと思ったわけ、ぼくは。姓名判断のほうでいくと、もしかすると。

ぼくはほんとに鶴見さんのものって、最近まで殆ど拝見してなかったんですね、なんか気になる名前でありながら。それで、実は今江祥智さんの雑誌なんですよ、「児童文学1972」。あそこでナンセンスについての座談会をおやりになったでしょ。あれはぼくはものすごく面白くて、再読三読して線ひっぱったりなんかしてて、それから、ずっと鶴見さんのものを読みたいなと思ってたところにこんどの話があって、読んだら、名前が一字おなじだってのは大したことだと思ったんだけど、そういうふうに言うと生意気なのかもしれないけど、なんか親近感があるわけね。どういうところかちょっと簡単には言えないんだけど、そこを編集部が、つまり生活についてというようなテーマで、なんとなくぼくを鶴見さんに会わせてくだすったのは、相当明敏な感覚なんじゃないかと思って感心したんだけどね（笑）。

鶴見さんが「団子串助」だっけ、に感心してらしたのと対照的に、ぼくは吉野源三郎さんの『君たちはどう生きるか』というのに、わりとイカれたんですよ。それだけとってみても、いかに違うかってことがよく分かるんだけど、でもその、どう生きるかということがいっぱい出てくるでしょ、鶴見さんには。それしかないみたいなのね、なにを読んでも。そういう感じがした。ぼくは論文を読んでるとかあるいはエッセイ読んでるとかっていうよりも、自分自身の人生相談の回答を読んでるような気がしたわけ。そこが、きっとすごくユニークなんだろうなと思って、だから、きょうは人生相談をしたくて仕様がないわけですよ（笑）。いまこういう状態なんだけど、どうすればいいかしらみたいなさ。なんかそういう雰囲気で来てるから、ちょっと困っちゃうんですけどね。

鶴見　わたしはね、こんどひっぱり出してみたら、この『落首九十九』というあなたの詩集、ものすごく愛読してんだね。

谷川　ほんとですか。どうしてそういうことはちゃんと手紙かなんか、ひとことでもいいから……（笑）。

鶴見　ほら、なかにこうやっていろんなこと書いてあるわけだ。これいま書いたんじゃないんですよ、出版された当時に読んで書き込みしてる。

谷川　いや、それはあまり反応がなくて、ぼくはもうがっかりした詩集なんですよ。佐藤忠男さんには長文の手紙を書いたくせに、なぜかぼくには書いてくれなかった（笑）。時期が悪かったんだね。

鶴見　この詩集は、わたしのなかに影響あるわけだな。こんどの詩集『定義』も実に面白く読んだんだけど、これが自分のなかになんか影響として入ってくるのには、非常に時間がかかるだろうなという気がする。『落首九十九』のほうは読み返してみると、この十年ほどの間に自分のなかに入ってるわけだ。今度読んだ『定義』に対してもスパッと書評を書くように、これはこうですというふうな仕方では、あんまり接近したくないな。とにかくすごく面白かった。

谷川 『落首』、ぼくはお送りしたかな。

鶴見 この本を見ると、これ（「謹呈」の紙を示して）がこのまま入ってる。

谷川 じゃあ送ったんだな。その頃ぼくも鶴見さんのもの、なにか読んでたはずなんだ、じゃあ。ただね、鶴見さんは一貫してたとえばべ平連に関わっていらしたり、転向問題、戦争責任問題なんかずっとやってらしたけど、あのへんはぼくはやっと最近になって関心を持ち始めた分野なのね。それで、すごく離れてるような気がしてたんです、最初のうちは。

鶴見 いやね、じつはひとつだけ話のまくらを用意してきたんだけど、それは鈴木晴久という人が「ろばのみみ」という雑誌やってんだよ。それはロゴス英語学校というのがあって、すごく事業経営の上手な牧師さんがいるの、目白のほうにね。その人は海軍の大尉かなんか、相当偉かった人なんだけども牧師さんになって、で宣教師に英語を教えてもらって経営はすごく上手なんだけども、同時に平和への意志が強いんだな。こういう人間がいるとかなりのことできる。そこで「ろばのみみ」という雑誌を教会の内部で編集して出している。その編集者が鈴木晴久というんだけども、「八木重吉特集」を「ろばのみみ」でつくったんだって。

で八木重吉の詩について書いてもらいたいと思って村野四郎のとこへ行ったら、村野四郎が、「八木重吉の詩は好きじゃない、自分は神を信じてもいないし、そんなものは書けない」って言ったんだって。鈴木晴久さんが、「じゃあ信じてないという、神はいないっていうのを書いてください」って言って帰ってくるわけよ。そして編集後記に、八木重吉の信心の詩と村野四郎の不信心の詩と、どちらが大切なものだろうか、って書いてある。わたしはそれに感心した。この後記を書いたときに鈴木晴久はべつに八木重吉を悪いと思ってるわけじゃない、八木重吉は好きで仕様がないわけね。だから八木について書いてくれと村野に頼みにいったんだ。そうしたら村野の不信心に遇《あ》って、不信心の詩をもらってくるわけよ。不信心と信心と両方をともに置くっていうね……。信心の立場に自分が立ったときに、そっちのなかに籠りきりになって、不信心の側からは自分の信仰が見えなくなるっていうか、不信心を切り捨てたらもう自分の信仰は死ぬっていう自覚があるわけよ。

谷川　なるほどね。

鶴見　これが凄いと思ったんだな。その揺れね。もし不信仰を切り捨てたら、もうファナティシズムしか残らない。その立場をとりたくないという考え方だ。ああ、ここにこういう人がいると思ってね。しかもその立場を教会の内部の雑誌として表現している。なんかこの『定義』を読んでてね、この揺れと非常に似た実質を感じたんだ。ある与えられた定義をそのまま呑みくだす人間になりたくない。つねに新しく自分のいまの状況のなかから定義していきたい。定義はいろんな定義が可能だ……こうも見られる、こうも見られる。できるだけ厳密にというのは手続きであってね、こういうふうに動いてくると、それを定義できない部分が出てくるとか、別の定義が可能であるとか、殆ど数学のなかに自由があるように——小学生、中学生の数学は自由じゃない、答えがきまってるけども、数学そのものは自由であるはずなんだ——そのように定義もまた自由であって、人間の精神の軌跡はそういうものだと思うんだけども、そのもとのところには言語そのものの基本的なルールがあって、宗教心であろうと政治的な信念であろうと、同じルールを守るべきなんだよ。そうでなければいつも肉体的なたたかいになってしまう。そこを大切に思うという、流派とも言えない流派がある。「ろばのみみ」に感心したのとおんなじように、ぼくは『定義』に感心した。その『定義』について、非常に迂遠な仕方でわたしの感想を述べれば、そういうものなんだな。与えられた定義を、もう当たり前のこととして呑む立場というのは、その上にこう積みあげ積みあげしてきてるでしょう、日本の伝統ってのは。そこから自由な領域を切り開くってのかな。信仰にとっての不信仰の意味をとらえるのは大切です。もしそれを見失うとすれば、詩なんてのはプロパガンダにしかすぎないしね。そういう領域があるっていう気がしたな。

大学について

谷川　ぼくは鶴見さんがお書きになったもののなかで、一行二行でもなるほどその通りだと思うところがとっても多かったんですけど、そのなかのひとつに、窮極的なことに関してはああも言える、こうも言えるとしかわたしは言えない、とおっしゃってたところがあるんです。ぼくは、女房とわりといろいろ議論するんですね。これはもう実にくだらないこと、子どもの学校のこととか会った人の印象とか、いろいろ議論するんだけど、ぼくもどうも、窮極的なことまで言わなくても、ああも言える、こうも言えるというふうに言っちゃう人間らしくてね。女房がときどき、あんたみたいに言ってたらきりがないって、すごいじれったがるわけですよ。ぼくはまた意識的に女房がたとえば白と言うと、なんかその見方だけじゃなくて、実はそれは黒というふうに見る見方もあるんだぜと、半ば意地悪で半ばなんかこう広い視野に立ちたくて、わざとそういうふうに言っちゃって、なんか弁証法みたいに夫婦で喧嘩してるとこあるんですけどね。

その、ああも言える、こうも言えるということの、こう基本にある現実の認識の仕方というのかな、そういうものは意外につまり、ああも言える、こうも言えるじゃなくて、なんかわりとこう一つ……というか、つまりそこでは、現実そのものが非常に矛盾してるんだけども、現実ってものは矛盾した構造をもってるという見方は、ああも言える、こうも言えるじゃなくて、なんか一つなんじゃないかと、そういうふうな気がしてるんですけどね。

鶴見さんのお書きになったものを読んでいて、とってもほかの人のことをお認めになる。否定なさるってことはむしろ少なくて、褒めることが多い、肯定することが多い。その褒め方がうまいんで、ぼくなんか感動しちゃうわけだけども。その鶴見さんが否定なさるものの実感というか、そういうものもまたこっちはちょっと知りたいという感じもあるわけですね。つまりある人のある部分を肯定した場合に、その他の部分をどういうふうにお考えになるのかというふうなことを……、ちょっと抽象的な言い方にしかならないんだけど。

鶴見　難しいなあ。いまのもとの話にもどると、狂信的なもの、ファナティックなものにはとにかくひとつクッションを置きたいという気持ちは強いですね。右翼的とか左翼的とかじゃなくて。ファナティックなものにはものすごくエネルギーがあって、一所懸命いいことやってることもある。いいと思うときにはくっついていくけどね、しかし留保条件をつけながらっていう、その気持ちは非常に強いな。だから考え考えて動かないということもあるけども、まあこっちのほうへ賭けておいて、賭けておいて疑うというふうな流儀……、だからこそ、大まかな政治運動なんてできるんだけどね。

狂信的なものは明治の国家のできたときにあるような気がするんだ。日本のインテリは、特に大学を出ている人は大体狂信的な枠をつくっちゃって押しつけてるという気がする。だから、今はカントの時代は去ったへーゲルだとか、今はへーゲルの時代は去ったマルクスだとか、言うでしょ（笑）。明治百年ってそんなものだな、インテリにとっては。そういうのはかなわないわけよ。だって一冊の本をちゃんとゆっくり読むって大変なことだしね。いろんなこと考えるわけだ。そういうふうに読まないんだね、これ。一つの本でもう一つの本をぶっ叩くとかね。わたしは吉本（隆明）・花田（清輝）論争で、びっくり仰天したんだけども、「読書新聞」かなんかで投書があってね、この論争でよく分かった、今まで自分が持ってた花田の本を全部売り払ったって投書があった（笑）。

谷川　あ、そう。

鶴見　ああいう論争の影響にもびっくりするんだな。そういうのが面白くない。そういうものから離れたいっていう気持ちが強くあるし、日本の大衆のなかでの思想のあり方はちょっと違うものだという気がするし、その大衆的感じ方に近いところに自分がゆきたいという気持ちがあるしね。明治百年の日本の知識人の伝統は、今の尖端は何か、で、それに自分を結びつけて前のやつをぶっ叩くというやり方だと思うけどね。そうすると、そういう日本の知識人の伝統はわたしのなかに入ってこないわけだな。大学の流儀でやると、かえって伝統を拒否するってことが非常にあってね、わたしは谷川さんのものをずっと読んでみると、伝統が非常に入っているという気がする。それは大学に行かなかったせいじゃないかと思う。

谷川　なるほどね。

鶴見　大学に行けば、いまのカントの時代は去ったヘーゲルだとか、そういうもう枠ができてるから、そいつを超えるというのは大変に難しいし、大体学生がそうであるだけじゃなくて、教授の考え方の枠がそうなんだから。谷川さんが大学へ行くのをやめちゃったってとこに、逆に意外に世界の思想的な伝統、それから文学だったら違う流派に対しても開かれているという場を保ちえた根拠があるような気がするんだけどね。大学に行ったらこういうふうにならなかったろうな（笑）。

谷川　鶴見さんはね、「かるた」なんか読んでると、ほんとに詩的な文章なのに、どうして創作のほうへいらっしゃらなかったんですか。

鶴見　大学へ行ったからです（笑）。

谷川　大学ったって、アメリカの大学でしょ。アメリカの大学も日本の大学も一緒ですか。

鶴見　違うふうにやれたと思うんだけどね、あそこでひとつ勉強の型というのができちゃった。

谷川　アメリカの大学にいらっしゃるときに、やっぱり自分はこういうものを勉強しようということを決めてらしたわけ。

鶴見　いや、そうじゃないんだけど、もしわたしが大学へ行かないでね、中学二年で放り出されちゃったんだから、あのあと日本のなかで家から離れて暮らしてたら立ち直れたと思うんだ。そしたら学者にはならなかったでしょうね、別の道が開けてたと思う。だから「かるた」というのはわたしのもともとの方向なんです。そういう方向がもともと自分のなかにあったんだから、ああいうふうにずっと行ったんじゃないかな。

谷川　「かるた」ってのはさ、いま詩人の鈴木志郎康さんなんかが読んだら、びっくり仰天するみたいなもんだと、ぼくは思ったわけ。あれは実質的には幾つぐらいのときにお書きになったんですか。

鶴見　書いたのは戦後なんです。だけど、書こうと思ったのは十五ぐらいですね。

谷川　でしょう。

鶴見　自分の一生でしたいと思うただ一つの仕事だった。だから馬鹿馬鹿しいエネルギーがかかっていて、何度も何度も書いて。

谷川　そうですか。現代詩のある面の要素もあるし、アンチ・ロマンの要素もあるし、非常に新鮮な書きものだって気がしたんですね。もちろんそれは哲学的な思索の芽も当然あるわけですけどね。むこうへいらしたときに、ほんとは小学校から始めたいとおっしゃったというのを、これも月報で得た知識だけども、そのとき一体なにをなさりたかったのかな、とても興味があったんですけどね。

鶴見　別の生活の気分ということね、それを自分のなかにもちたいということだったし、それからものすごくわたしは小学校も中学校もできなかったから、つまり大学なんかやれると思ってなかったわけよ。子どものときからの慢性的なうつ病なんだ。おふくろに抑えつけられててね。それが家と関係なくなったでしょう、それから英語で今までの言葉と関係がなくなったでしょう、すると爆発的に調子よくなった。突然あるとき言葉が喋れたみたいになって、大学の入学試験とかなんとか通った。それで学問ということになっちゃった。「かるた」のなかにあるのは別のもんですね。

言葉について

谷川　初めて自由に喋ったり、自由に書けたりしだしたときには、もう英語だったんですか。

鶴見　学問としてはね。だから英語が非常に深く入ってしまって、もう昭和十七年……、一九四二年に離れてから一度もアメリカに行ってないから、今はもう喋るのも書くのも非常に衰えてます。日本語に比べれば英語のほうがずっと悪いわけ。だけども、ものを書くでしょ、その軸の言葉は今でも必ず英語で書く。それから本の表題は必ず英語から思いつく。オン・マイ・ホライズンという言葉がまず浮かぶ。そうすると、『私の地平線の上に』……。

谷川　武満徹の音楽みたいだね。

鶴見　マイ・メキシカン・ノートブックとくる、すると『メキシコ・ノート』と、全部そうなる。それは英語が思想の軸の言葉としてギューッと入っちゃったからだ。そこからいくほうが自然だ。だから、言葉は妙なものだと思うね。いまは統計的に言えば、わたしは英語なんか殆どできないし、検査したら、これは日本語のほうができるから、英語はこの人間にとって影響がないと思うかもしれないでしょ。ところがそうじゃない。そこを考えていかないとね。だから在日朝鮮人で日本で生まれていて、朝鮮語といったらオモニーしか知らない人がいるかもしれないが、その人にとってはそれでは朝鮮語は意味がないのか。一番流暢に喋れるのは日本語だ、書くことのできるのは日本語だ、それではその人間にとっては朝鮮語は意味ないのかというと、そうは断じきれない。母国語の意味というか、その人にとってのもう一つの言葉の意味というのは意外に深いところに隠されてると思う。それはアクアクのイースター島の像みたいなもの、あるいはマヤの神殿みたいに、ジャングルのなかに埋もれてるかもしれないけど、巨大なものがあるわけだ、ちょっと出ててもね。昔はそういう別のものがあったっていう僅かな痕跡であっても、それがやっぱり精神のバネになってると思うね。だから、言葉を統計的に、いまどのぐらいの読み書き能力があるかとか、何語知ってるか、なんていうふうにはなかなか片づかない。つまり言語の詩学的な側面だな、それは。

谷川　いまお読みになるときはどうですか、日本語のほうが読みやすい？

鶴見　日本語のほうが速く読める、だけど英語のほうが分かる。日本語で読むと分からないことが多いし。というのは日本の学者は自分の言葉を原書から借りてるでしょ、定義を。自分で定義しないから、もとの定義をもとの本を見て、どういう脈略でこの人は定義したのか見ないと、きちんといかない。そういうことはありますね。

谷川　いわゆる文体というものが、少なくとも日本語の場合には相当曖昧なものだと思うんですけど、そういう文体というふうなものの感じ方としては、英語と日本語とどっちのほうがより強く感じられますか。

鶴見　それはあなたが『散文』で言われた明示的という意味から言うと英語のほうがはっきりします。だけど含意的ということになると、これは英語は十五になって、つまり学校の言葉として習得したわけだから、含意の拡《ひろ》がりは、それこそ一瞬の間に千も二千もの連想が拡がるわけでしょう。だからそういう拡がりは私には英語ではない。だから含意的に言えば日本語ですね。

谷川　誰でもそうだろうけど、ぼくなんかでも読んでて、言ってることの意味とか論理とかは納得できるんだけど、どうしても好きになれない文章ってのがあるんですが、鶴見さんは割合そういう点で寛大なんじゃないかという印象をぼくはもってるんです。そういう、つまり書いてある意味とか論理というよりも、文体としてあるいは文章の感触として嫌いな文章、好きな文章という区別をなさいますか、日本語の場合。

鶴見　それがおそらく同業者の大半とわたしが違うところでしょうね。

谷川　どうもぼくも、そこのところがちょっと違うんじゃないかなという気がする。

鶴見　文は人なりってのがあるでしょ。フローベールは一語をみつけるのになんとかとか、このことを言い表すのに一語しかないとかね。わたしはああいうのをきわめてマユツバものだと思ってるんだ。大体論理的に、認識の問題として言えば、そういうふうに感じることはあるかもしれないけども、一語しかないってのはを見極めるのは大変に難しいし、このことを言うのに一語しかないのだということを論証することは、もう論理としてきわめて困難だ。だから、そういうふうに主張することは難しい。したがってわたしはそれは大変マユツバものだと思ってるんだ。

谷川　そこまでは賛成ですよ、ぼくも。

鶴見　それだけの錬磨をした人が相当いるってことは分かりますよ。だけども、このことを言い表すのは一語だというだけの錬磨をしてる人が、われわれ物書きで食ってる人間にどれだけいるかというと、いまの同業者の評論家のなかで、わたしが最も鈍感な者だとは思ってはいないわけだ。そうだとすればほかの人の言語感覚もある程度いいかげんなものではないか、にもかかわらずフローベール的認識をもってるんじゃないかという疑いを実はもってるんだ。

谷川　ぼくは正直言って鶴見さんの文章はとても好きなんです。ぼくが言うのは錬磨したかしないか、あるいはその一語が動かしにくいか動かせるかみたいな、そういう一種の推敲の結果としての名文的なものじゃなくて、その人がどんなに簡単に書き散らそうが、どんなに推敲しようが、その文体のなかに意味論理とともに出てくる、その人のなんかこう肌ざわりね。それをぼくはまあ、その人の現実感覚というふうに本当は言いたいんですけど、そう言うと多分不正確なんじゃないかと思うので、ちょっと言いにくいんだけど、その文章の感触に、ぼくは、この人は現実をどう捉えてるかということを感じながら読んでいる。そういうときに、やっぱりこの人の文章はどうしてもぼくはついていけないな、と思うものを鶴見さんが褒めていらっしゃったりなんかすることがあるわけです。そうすると、鶴見さんの感覚と自分の感覚がちょっと違うなと思う。それは鶴見さんが寛大なためにそうなのか、それともたとえば英語の世界に余りに浸ってらして日本語のそういうふうなものを感じないようになってらっしゃるからなのかということがよく分からなかった、そういう疑問なんですね。

鶴見 それはおそらく、谷川さんがわたしよりずっと錬磨した言語意識をもっていて、錬磨の結果見えなくなってるものが幾らかあって、それと絡んでると思う。

谷川 いや、ぼくはそんな錬磨してるはずないんですけどね。錬磨の結果じゃなくて見えないものってのは当然あると思いますけど。

鶴見 陶淵明にあるんだけど、「このうちに真意あり弁ぜんと欲してすでに言を忘る」っていうのがあるんだ。なんか長い詩の一部なんだけど、あれが好きなんだな。言おうと思ってるけど、その言葉がうまく出てこない。だから、これ……、人間には最終的に身振りというのがあるような気がする。何にこめるかというと、最後の手持ちの言葉は紋切り型かもしれないんだ。ありがとうとか、あるいはものすごく嫌な言葉で、手持ちでこれしかないからというのがあると思うんだな。だけど、状況のその切迫性によって、くだらない言葉、紋切り型で、もう嫌な言葉でもある種の輝きをもつと思うんだ。

谷川　それはもう全くそうだ。

文体について

鶴見　それに対する信仰なんだな。そう考えると、嫌あな文体で書いても、やっぱり相当のものがあるんじゃないかな。たとえば賀川豊彦[1]のことだけど、わたしは初めてアメリカへ行ったときに、日本大使館の上に置いてもらった。斎藤博大使がいてね、まあとても親切にしてくれた。親父がそこへ置いてったわけだ。二週間も斎藤さんの食客になってたんだよ、毎日大使と一緒にめし食ってたんだ。

谷川　十五の少年が大使と一緒に……(笑)。

鶴見　めし食ってた。そのときに斎藤博大使が、非常に気楽にものを言う人で、賀川豊彦のことを言ってね、賀川豊彦をサポートしたいと思って、賀川豊彦が演説をしてるとこへ自分も聴きにいった。自分はもちろんアメリカ人に対して賀川の悪口は言わなかったけど、だけどあの演説は実に無神経だというわけよ。いたずらに情緒に訴えて粗雑であってね。わたしは斎藤博の感じが分かりますよ。斎藤博自身は非常に感受性のある人なの。彼は、白樺の仲間と一緒だからね、志賀直哉、武者小路（実篤）、長與（善郎）の作品が大使の部屋に並んでるわけよ。どういう文章がいいと思うかってな話をするわけね。彼は『エヴァンジェリン』[2]っていう本をくれたの。それは斎藤さんの死んだ妹が訳したことになって岩波文庫に入ってたんだ、戦前の版で。実は斎藤博が自分で妹の訳を直したものなんだ。妹の記念にしたいと思ったんだね。

あの当時『エヴァンジェリン』を訳すってのは大変なことです。日本の外交官は、今は対米従属になったから英語できるだろうけど、戦前は英語できる人は少なかった。その中で斎藤博は図抜けて英語ができた。例外的なんだ。パナイ号の事件のとき自分で演説してアメリカの世論に対して訴えたわけだけども、それだけのことができた。斎藤博の文学的感受性をもってして言えば、日本語においても英語においても賀川豊彦の書くもの、その演説は、読むに堪えず聞くに堪えなかった。その感受性のレヴェルでは斎藤博の気持ちはよく分かるんだけども、しかし『死線を越えて』とかああいうの読んでね、あのとき一所懸命にやるっていう賀川の懸ける姿勢というのがあるわけだ。それは文体が粗野であるとかいうことを超えて、なんかある。つまり文体は俗物的、しかし賀川には俗物を超えたなんかがあったと思うんだ。それは大宅壮一も言ってるように単純に一つのことで賀川は俗物じゃないんだけど、あれだけ、今の金で言えば何億という金を生涯に集め切ってね、私財を残さなかった。金銭的な意味で腐敗を全くしてない。その意味で、どう考えてみても、彼は聖者なんだな。そこのところまで見ないと駄目だと思う。

谷川　そういう場合、でも物書きだったらどういうふうに見ますか。

鶴見　粗野なところはある、しかし賀川の文学作品には、今までの物書きの洗練された文体では言い尽くせなかったなにかがあった。

谷川　いや粗野と洗練じゃないんだな、ぼくが言ってるのは。そこのところ粗野と洗練というふうに言い換えられたら、ぼくはもう全くその通りだと思うんだけど、そうじゃなくて、なんて言えばいいんだろうな。やっぱりより虚偽なものと、より真実なもの、と言えばいいのか。そういう美的な基準じゃなくて、つまり人間認識の深さでもいいや。

鶴見　たくさんの虚偽は賀川の文体で入ってくるであろうと。賀川がはったりの多い文体で大きく網を張ったところへ入ってくるたくさんの人は、やがてはまた去っていくであろうし、こんどは逆に軍国主義の側に立つかもしれない、実際立ったわけだけども。こんなふうに網で人を捉えていいものか、そんな感じありますよ。その意味で留保はするわけ。だけども明治から大正にかけての専門的な文学者のしてきたことに比べて別のものが賀川の文章にはあった。賀川は、だからこそ川崎造船のストライキやなんかで、自分で立ち上がって直接に人を動かすことができるという、そういう感じをもつな。

その点で言うと、わたしにとっては小田実は賀川よりも自然に賛成できる。彼は直接に大衆の前に立って訴えることができて人を動かせるが、彼は千人の前で演説しててもボソボソ言ってる。普通にここで私なんかと喋っている姿勢を失わない。それ見ててね、ああ、この人のあとにくっついていけばいいんだという、ある種の生涯の感激だな。千人を相手にすればものすごいアジテーションやっちゃうわけだ、普通の人間は。わたしは政治家の家に育ってるけど、大体そういう人が多い、政治家には。しかし小田は、ここで話してると同じ仕方で大衆の前でボソボソっと言う、それで通っちゃうわけだ。

谷川　それは電子技術の進歩だね。マイクとかアンプとか（笑）。

鶴見　おれにとって小田実に会ったのは生涯の幸いだったな、という気持ちがあって、べ平連の終わりまで、それは抜けない。

谷川　そうか。やっぱり鶴見さんは文章だけという立場じゃ全然ないからですね。ぼくなんかはどうしても、文章だけで自分も生かしていきたいし人の役にも立てるものなら立ちたいと思う。人の役に立つという言い方は変ですけど、つまり、鶴見さんのいわゆるもっとほかの人たちの幸福の増進に役立ちたいというふうな、文章だけを通してそうするしかないんじゃないかという気持ちが、これは自分の資質と絡み合ってるんだけど、あるわけですよ。そういう人間にとっては他人の文章を読む力、自分の文章をつくる力だけが、自分と社会との接点だという感じ方が強いんです。鶴見さんの場合には、お書きになるものも、もっと広い行動の一環としてあるということがはっきりしてると思う。その点で多分、文章の読み方が随分違ってくるんじゃないかな、とは思うんだけど。

鶴見　この詩集『夜中に台所でぼくはきみに話しかけたかった』、このなかの〝小田実に〟っていうの、面白い詩だねえ。これは好きだ。

谷川　ぼくは彼に親しみをこめて書いたつもりなんだけど、ある人に、谷川も小田実には肚を据えかねたのであろう、って書かれてびっくりしちゃってね。そういうふうに誤解されるんじゃたまんないと思ってさ。詩というのは、いくらでも自由な読み方があっていいと思うんだけど、あれには参ったな。

鶴見　このなかで「正義は性に合わないから／せめてしっかりした字を書くことにする」というのがあるでしょ。これはわたしには非常にスッと入ってくる。ところがわたしのなかに入ってくると違う意味になる。「せめてしっかりした字を書くことにする」というのは、わたしにとっては活字になったその字じゃない。この紙の上で、おれの字あんまりひどいから、もう少し書き直そうかってこうやって書いてる、その行為になる。わたしはものすごく字が下手なんだ。

谷川　うん、それは何度も繰り返して書いてらっしゃるから（笑）。

鶴見　しかも十五から十九まで書いてなかったでしょ。書けないわけよ。だからもう字引をいつでも引いてる。おとといだって「甥」という字が書けなくなったんだ。字引を引くわけ。で、書いた字がまた気にくわない、せめてもう少しちゃんと書かないと悪いんじゃないかと思う。その行為そのものになるわけ。だから、文学者としてとか文筆家としてという自覚から、ちょっとはみ出てくるんだな。

手紙とかあいさつとか、あるいは自分自身のメモだって読めないほど字が下手なんだから、自分自身に対する礼儀として手帳のメモでもちゃんと書かなきゃいけない、という感じになってくる。いまの二行もこう解釈している。

谷川　それは、ぼくにはいちばん望ましい受け取られ方だと思うけどね。

偽善について

鶴見　谷川さんのこの詩集のなかにもうつ病が出てくるけども、わたしはもうずっとある。うつ病が嵩じるとね、原稿を書くでしょ、原稿に「鶴見俊輔」と書く、それが嫌でね、避けたいから書けなくなる。自分の名前が嫌だから。見られている感じがしてね、もう駄目なんだ。だから、自分の名前を自分で書くのが嫌んなっちゃうわけだ。ああ、そういう詩あったじゃない、『落首九十九』に。つまり権兵衛でいいわけだ。なんでもないなんでもない、要するに命の流れであって、アミーバーかタンパク質か、そういう生命の流れがある、というのがいいわけだ。そういうものとして肯定したわけよ、自分を。一遍そこまで解体して肯定するってとこから、逆に愉快な気分になってきている。子どものときやっぱり名前で抑えつけられた、その名前から自由になったという感じはあるね。いまのおれのなかのタンパク質の一個一個が騒ぎ出せばそれでいいんだっていうね。うん、それだな（笑）。

谷川　それはやっぱり「退行計画」につながった線なんだな、きっと。

鶴見　だから退行することによって辛うじて生きられる自信が出てくる。退行する権利がなくなれば、もう生きていくことができなくなる。べ平連は小田の力でものすごく大きくなった。東京だけで十万のデモつくれるんです。もうびっくり仰天したけど、わたしは逃げるわけにいかない。小田の行かないいろんなところへ行っちゃ綻びを繕ってるわけだ。もうそれだけで振り回されてた、あれが続いてる間ね。そうすると時には演説もしなきゃいけないでしょう。演説するごとに自分が崩れていく、偽善者だという自覚が深くなる。もう駄目になってくるわけだ。そうすると退行計画を書かないと、どうにも仕様がなくなる。だから、あれはべ平連始まって二年目ぐらいのときに、ちょうど京都駅の階段から落っこって腕折ったんで、そのとき字の練習をしようと思って、左手折ったから右手で、『会津八一書論集』というの買ってきて、一所懸命習字をしながら綺麗な字で「退行計画」を書いたわけだ（笑）。ふつうのメカニズムで言うと、ああいうものを書いたら、もう政治は嫌だ、離脱するというふうになるでしょ。そいつが嫌なんだ。つまりああいうものをやって、逆に噴射することによって前に行こう。だから、いつでも両極的に動きたいという気持ちがある。おれは偽善者だ、どうせそうなんだ、だからやろうじゃないか。そういう世界の偽善者が手をつないで、こんなひどい戦争だけはちょっとやめてもらおう、そういう感じの運動をしたい。「世界の偽善者よ団結せよ」ってな、そういう感じね。小田にはそれがあるわけだ。

谷川　なるほど。

鶴見　そこがいいんだなあ。木下尚江[3]は素晴らしい人だったと思うし、木下尚江の心の力学は結局そういうとこを目指してたと思うんだけども、実際には木下氏は昭和六年以後、満州事変以後にもう一遍平和への意志を強くもつ。河上肇[4]が牢屋につながれたら、わざわざ長文の手紙を出す。これは河上肇の『自叙伝』に引かれてるけどね。それだけ時勢に対して積極的だった。天皇制を認めてるわけじゃないし、もう一遍出てゆこうという気分を最後にはもってたらしいね。だけども残念ながら公の事件だけでいえば、もう明治末には彼は『懺悔』ってのを書いて、自分が偽善者だってことを感じて、政治から引退して終わった、というふうになってるわけね。しかし、おれは偽善者だからなあっていう、そういうふうな運動でなきゃなかなか運動としちゃ無理だなという感じがわたしにはある。

谷川　そのときの、つまり偽善者だけどやるっていう、その目的というのかな、そのときの状況に反対するというのは、ま、言ってみれば積極的な理想があるわけじゃないとして、消極的な反抗である以上のものがあるわけですか。もっと積極的な、こうありたいという……。

鶴見　最後の形ってのはつくれない、逆に否定形で、こういうものであっちゃいけないという形で方向を出せるだけであって、わたしみたいな考え方だと、正しいものはこれこれであるという体系があって、それの系として個別判断が出てくるという形じゃないからね。そういう意味じゃきちんとした青写真、理想社会の設計図なんて出てこない。だからむしろ、戦争前に随分立派なことをいろいろ聞いたけれども、人道主義とか社会主義とか、そういう人がみんな旗振って、満洲侵略やって、またこんど変なことになって、まあそういう人は遠慮してもらいたいですね。戦争責任のある人が政治をやるのはやめてもらいたいという、そういう単純な原則でやっていきたいと思う。それだけしかない。資本主義が窮極的にいいか社会主義が窮極的にいいかという、それについてわたしは幾らかの意見と勘はありますよ。それよりもやっぱり戦争責任のほうが重要だと思う。それからベトナムでもそうだ。ベトナムはアメリカが侵略することないんだから、そりゃアメリカ人としても自分の意見を押しつけないほうがいいだろうっていう感じ方があるし、大体アメリカ人のすることってのは、わたしとしてはやっぱり、言語と共通の体験で結びつけられてるしね、非常に気持ちにピンピン響く。嫌なんだな。やっぱり愛情がそれだけあるってことなんだな。だから、なんかやりたい。そういう自分の不随意筋が動くときだけしか動かないけどね。

谷川　それはでも、ほんとに不随意筋なんですか。つまり随意筋の非常に意識的な選択によって不随意筋が動かされる、ということもあるわけでしょう。

鶴見　そう。やっぱり不随意筋の動きを随意筋の動きとどういうふうにして結び合わしてチェックしていくかってことが大変重要なんだけども、やっぱり人間の賭けってのは、どうなるか分からないとこあるしね。下手すると、それで自分の生涯終わっちゃうわけだから。それでもまあ後悔はないな、っていうか面白味と言っちゃ変なんだけども、生き甲斐の感覚あるでしょう。それがあるようなときだけしか動きたくないっていう気持ちあるな。

だから、わたしなんかの場合には、古い戦争責任を引きずった人が、おんなじ仕方でやるときには反対したいっていうのと、やっぱりアメリカが金持ちなのにアジアに向かって自分のやり方を押しつけてくるのは嫌だというのと、基本的には二つぐらいですね。そういうときはやっぱり自分自身がつぶされてもかまわないという気持ちですね。そのときにはリーダーのスタイルが嫌でもそのリーダーについていきますよ。だけど偶然小田が出てきたからね、わたしは彼の喋り方も話し方も好きなわけだ。しかも大衆に向かって訴えていて自分の日常の流儀を失わない。それはわたしにとって大きな運動に参加するなかでいちばん愉快な体験ですね。

政治について

谷川　そういう運動に、でもぼく自身はずっと参加できないんですよ、せいぜいカンパぐらいのところでしかね。それはどうも、ぼく自身のいろんなことと関わってると思うんだけど、一つは自分がひとりっ子で育って、どうしてもひとり遊びのほうが好きで、なんか他人とうまく遊べないということがあるんですけど、そういう資質もおそらく関わりがあるだろうし、あるいは、うちの父が政治に対して発言はするけど、実際の行動には絶対に関わらないという人でね、そういうものの影響も多分あるんじゃないかとも思うし、まあ自分ではそれは分析しきれないんだけども、そういうつまり運動に関わっていく理由っていうのは、いま二つほどおっしゃったけども、その二つの理由をおっしゃった、そのまた理由ってのが多分あると思う（笑）。そういうのが、ぼくはいちばん興味がある。つまり自分が幸せな生活をしてるだけではどうしても自分を許せないとか、そういう感受性ってのがあるでしょう。自分だけが幸せであればいいんであれば、あるところで切ってしまえば、結構いまの日本だって幸せに暮らせるかもしれない状況ですよね、その人が恵まれていれば。だけど自分および自分の家族だけが幸せなんじゃ、どうしても枕を高くして眠れないっていうところがあるんで、そういう運動に関わっていくとか、そういうところがあると思うんです。つまり、ぼくらの周囲のわりと恵まれた連中は、やっぱりそういう関わり方しかないだろうと思うんですよ。そうじゃなくて、実際自分の現実の生活が非常に圧迫されている、はね返すためにどうしてもそういう運動に関わらなきゃいけないっていう関わり方をしてる人も当然いるだろうけども、鶴見さんなんかはそういう関わり方とはちょっと違うだろうと。なんか自分の生活だけで完結しようと思えばできる立場にいる人なのに、やっぱりそこでそういうことに関わっていく、そのいちばん根本ってていうのがどういうものなのか。

鶴見　谷川さんの詩で「鳥羽」の「3」てのは実に面白いと思ったんだけど、わたしは気分としたらあんなもんですよ。人がどうなったってかまわない、自分はいまここで幸せでいる、ああ隣の人はひもじさに声をあげている、それをよそにして自分はいまからだを太陽に当てているという、それだな、わたしの感じは。そこをまず肯定したい。いまの自分のなかのタンパク質がブワーッと……、それ肯定してるわけなんですから、それがわたしがなんか厭世感みたいなものとちょっと違うところへきた理由なんだから、それはそうなんですよ。

だけど自分にとっては、その考えをただ保ってると、いまの自分が、たとえばわたしが生まれた家にずっと残っていたとして、自然にそのコースを歩いていったら、自分のなかに自壊作用が起こったと思うね。つまりそのような自分を攻撃するものが自分のなかにある。そういう仕方ではもう生きられないというところへ追い詰められていくと思うね。そういう行動は子どものときからあった。だから子どものときからもう堪えられなかった。なんていうかな、家にいても安心できないし、学校へ行っても駄目だしね。家と学校の間をもう三時間ぐらいウロウロ、ウロウロしてたから、東京中の小路知ってるものね。そういうふうだった。

それで、そういう自分というものがどうしてできたかといえば、それは全く精神医学的な問題でね、要するにおふくろのせいなんですよ。おまえのお祖父さんは偉いんだとか、おまえがそうやってられるのは親父のおかげだとか、ガンガンガンガンやられた。つまり自分がこうやっていられるというのは、もうとても屈辱なわけだ。ほんとに、そこにゴローンと寝られたら、っていうのが二つ三つのときからの願いだな、こりゃ。

谷川　そう言われるともう身も蓋もないっていうか、それはでも鶴見さん自身の分析であってね。べつに客観的な証拠があるわけじゃないでしょ。そのお母さんのお話は、ほんとは最後にいたってぼくは、ちょっと胸がジーンとなったんですけどね。つまりすべての人間は偽善者だって説をわたしは絶対に信じないと、母は絶対偽善者じゃなかったということと、それから母が自分を愛してたってことは全く疑いないっておっしゃってることに、ぼくはほんとに感動したんですけどね。でもそんなにうまくできてていいのか、という疑いも一方ではある（笑）。これはべつに学問的に客観的に誰かが言ったわけじゃない、あくまで鶴見さんが自分を分析した、それは非常に見事な分析だと思うし、ぼく自身もわりと自分を分析するタチなんで、なんか方法的には似通ってるなあっていう気がしたんですけどね。

鶴見　一般理論にはなりえないわけだ。一般理論として言えばね、自分なんてものはそんなに区切られたものじゃないんですよ。エゴの利益を人から切り離してぐーっと追跡するなんて、観念では言えるけど、そんなふうにはできない。日本人はここにもう長い間一緒に住んでるから、そんな度外れた欲深ってのは、この二千年の歴史であんまり出たことない。ものすごい金つくったやつもいないし、死の商人ザハロフみたいな人物は出なかった。それを考えると、ある程度金を持ったらみんな分けてやるという気風はあったし、それが今まで全部国家に吸いあげられてたわけだけど、国家じゃなくてそういうふうに自他の区別を自然に超えるというふうなやり方でないと、いま陽を浴びてる程度の快楽でさえも自分には保障されない。実際そうだと思うんですよ。そこだな。

家庭について

谷川　じゃあ結局おんなじことなんだな。ぼくの「鳥羽」の詩というのは、ぼく自身はアイロニーのつもりで書いたのに、ほとんどの人にまっすぐに受け取られたんで、実はちょっと狼狽してるとこがあるんです。ぼく自身がやっぱり、どこ辿っても結局、もしかするとこれは人間の本性なんじゃないかという気がするんだけれども、ある程度自分で幸せな一瞬一瞬を楽しむだけの、なんかこう図太さというか狡さというか、そういうものがある人間なんですけど、それでもなおかつどうしても自分てものがそこで限定できなくて、外へ外へ滲み出していってしまう。そこを一体どうすりゃいいのかと思って気が休まらない。やはり自分が大変な偽善者だってことがよく分かるみたいな状況にいて困っちゃうわけなんです。

それでもおそらく鶴見さんに比べれば、全くぼくはそういう行動をしない人間で、なんかある程度世の中の動きを自分なりに、拙いながらも予測しながら、そういう状況になったときに、自分はどういうふうに生活すればいちばん安楽か、人間として望ましい方向か、みたいなことを、自分の家族の範囲内で考えるタイプなんですね。だから、非常にあやふやなものだけれども、なんか計画をもってて、たとえば家を建てようとか、石油危機になったら、こういうことは節約しろとか、それから自動車に乗ってても、非常に中途半端に、自動車に乗る時間を短くしようとか、なんか妙な良心的市民みたいな線でしか動いてない人間なんです。

ところがぼくにとってはそういう自分の、簡単に言うとマイホームですね、マイホームってものが最も基本的なものなんだという、動かし難い自覚がある。鶴見さんの場合、京都に庵を結ばれたって誰かが書いてたけども(笑)、現実に、それこそきょうのテーマになっちゃうんだけど、どういう生活をしてらっしゃるのか、すごくぼくは興味がある。つまり自分の家族の幸せのためにいろいろコチャコチャと工夫してらっしゃるのか、それともそういうことは割合に無関心なのか、みたいなことね。

鶴見 わたしは、大体三十八まで結婚してなかった。十五で家を離れてるから、ものすごい長い間の居候時代が続いたわけです、転々として。それが自分の身についちゃったからね。いわゆる大学の教授……、はじめ助教授だったけど、その期間になってからも、ほんとに二畳三畳の部屋の間借りで、使う金ってのは殆どなかった。それは親父の家にいたときからそうなんです。うんとボロボロのきもの着てたしね。家は去年初めて作ったんですよ。たしかに齢をくってくるし、おれが死んじゃったら、細君が困るだろうと思うし、そういうことを考えますね。で、自分に関しては、まああまり大学へ戻りたくないっていう気持ちはある。それは戻ってもいいんですけどね、つまり分かれ目は、機動隊呼んでぶっ叩かせながらそこで教授として講義したくないっていうだけなんだから、機動隊呼ばない大学なら行ったたってかまわない。だから行くかもしれないけども、偶然わたしの細君が機動隊呼んでない大学へ勤めてるんですよ。だから今わたしは、教授やめて教授夫人になってるわけだ（笑）。そうすると教授夫人としていろんな労働をしなきゃいけない。皿洗ったりマーケットに買い物に行く。山の中に住んでるから相当歩くわけです。からだにもいいしね。まあ僅かだけど、ここで肉体労働につながってるから、これを大切にしていこうっていう、その程度の暮らしですね。

今までで言えば、十五ぐらいから家を離れてからは一番いまがのんびりした暮らしをしてると思うな。それは文筆業になったから不安定です。それから本は大学の図書館を利用することができないからね。だけどやっぱり、自分の不随意筋が動くときの最後の大動乱になったら、自分の所有などぶっつぶしてもやってやろう、という気持ちはある。それはどういう条件かといったらまあ簡単に言えば、韓国を原爆で守るためにアメリカが出てきてそれに自衛隊を使うというふうな、そういう条件だな。そういうことに対しては、なんかやりたいと思うわけよ、全力を尽くして。

谷川　そのときは妻子を棄てる……。

鶴見　うん、どうだってかまわない。

谷川　そうすると、妻子を守るためにではなく、そういうものに参加なさるわけですね。

鶴見　自分の生きている証というか、つまり体中のタンパク質がそのように要求するからなんだ。

谷川　それには妻子は含まれないわけですね、最終的に。

鶴見　つまり、わたしは子どもをそんなに保護したら子どもにとってもよくないと思う。わたしの親父なんて、もしわたしが保護を求めていったら、もういくらでも保護してくれる人だった、依怙贔屓《えこひいき》でね。そのことの子どもに対してもつ恐ろしさ。だから、わたしとしては子どものために長生きしてやりたいなんて思うことないですね。

谷川　すると、たとえば日本に徴兵制度がしかれたら子どものために断乎立つ、という発想とはちょっと違いますね。

鶴見　自分が今まで、この前の戦争のときに反対運動を、もう少しやれたと思うんだけどできなかった、その屈辱感が残ってる。なんかやりたいという気持ちがある。だから自分のためであって、次に僅かながら子どものためであって。それからやっぱり自分と一緒に仕事をやってる若い人は非常に好きだなあ。近ごろまでやっていたのは、反戦喫茶を、四、五人の若い人が経営しているのを助けてたわけだけども、そういう人たちは好きだな、いつでも気になる。一人ひとりの人間の表情が気になる。心配だけれどもその気分が好きだな。

谷川　山岸会なんかに興味をもって実際にいらしたりしてるわけでしょ。それでもやはり一夫一婦制を基本にした家庭をお選びになったというのは、ああいうコンミューンみたいなものに入って暮らしたいという気持ちはあんまりないわけですか。

鶴見　コンミューンってのはいいと思うんですけど、いまの山岸会の形からいうと、農業中心だから、わたしみたいに都会でずうっとやってきた人間は、農業のコミュニティで言えば、向こうの方がいくらか厄介ですね。わたしとしてはそのなかに入ったら、ほんとにイデオロギー的に入ったことに、つまり正義の理念のために入ることになっちゃって、そこでなんとなく同調するけど、全体を活性化するためにそんなに役に立つと思えない。コンミューンはいいもんだと思うし、人間の関係はなるべく開かれた形にしたいという気持ちはある。まあわたしが自分でやってきたことで言えば、脱走兵援助なんてのはコンミューンだね。何人があれに参加したかというのは今でも分からない。一堂に会して会計決算やったこともないし、誰がやってるか知らないわけよ。だけど、あれをやってる間は、わたし自身の家庭はもとより、それに参加してる人間はもう殆どがオープン・ファミリーですね。異物を入れちゃってんだもの。家としての平常のスケジュールからなにから全部違ってくる。そういうコンミューン的な精神をもってる都会の市民がでてきた。ああいう活動が五年ほどできたというのはそれと見合う社会の気風があったということだと思う。ある程度開かれた家庭という理想を信じてますね。

非常にびっくりしたことがあるんだけれど、大体わたしはアメリカが非常に好きなんだ、だから嫌いなんだけども（笑）、そういう不合理なことになっちゃうんだけど、わたしはアメリカへ行っていて大学に行ったときに下宿していた。そこの家はピューリタンで、二九年のパニックで金がなくなっちゃったんです。株券が下がったんで。そしてものすごい小さなアパートにいて、そこにわたしを引き取ってくれたわけ、下宿人として。そして一部屋与えてくれて、そこの長男は食事するテーブルのそばの、ベッドじゃないんだな、組立式のなんかのコットがあって、その上に寝てるわけよ。それでハーバードに行っててね、やがてその男は日本課長から極東局長になって朝鮮休戦の代表になった。三年ほど前に死んじゃったけどね。そういう家に行くと、わたしが下宿人としているでしょう、ところが家庭の話題は、わたしがいるからとくに変えるってこと全然ない。おんなじように喋ってるんです。それは感心しましたね。日本でわたしの育った家なんかそういうふうにいかない。たとえ何人か人を置くとしたって隔てがありますよ。だけど彼らのルールとしていま受け入れたと、そうなったらもう家族が単位が違っちゃったんです。だから、置いてもらってる間いつでも家の中の話題は共通の話題であって、そういうのはものすごく感動しましたね。開かれた家庭なんですよ。ああいうふうでありたいなという気持ちはありますね。だけども、いまの脱走兵のことなんか考えると、そういう気風は少しはできてきたんだな。そういうふうにしたほうが結局は愉快ですよ、その方向のほうが。そうでないと家が一つひとつ窓のないモナドみたいになって圧殺されてしまうよ（笑）。

谷川　そこがいちばん苦手なとこなんだな、ぼくは。ぼくは、そばに一人でも他人がいると、その人のことがすごく気になって、もうなんにも出来なくなるっていうタイプなんですね、極端に言えば。でも鶴見さんもなんかに書いてらしたと思うんだけど、たとえば風景ひとつ見るにしても、そばに人が一人いると気になると……。

鶴見 そうそう。

谷川 それでなおかつそういう、たとえば脱走兵を受け入れるっていうことは、相当意志の力が働いてるんですね。

鶴見 三十四、五でね、もうジキル博士とハイド氏みたいに変わっちゃった、体質的に変わっちゃったんだよ。

谷川 どうしてかしら。なにが動機で？

鶴見 ひとつは体質的なことなんだけど、太り始めたってこと。以前は、ものすごく痩せてたの。

谷川 またまた、物理学的になっちゃうんだな、もう（笑）。

鶴見 もうひとつは、いくらか思想的にしますと、家を離れたということ……、家の重圧だったんですよ。

谷川 それはお母様が亡くなったっていうこと？

鶴見 それと、家と切れちゃったんです。それでうちへ行かなくなっちゃった。それがやっぱりよかったですね、そういうことで急に太りだした。それから、下宿してた家に赤ン坊がいて、それを常にさわって育ててた。その常時の接触がいいんですよ。それまでは人間と人間との肉体的な接触というのは、つまり仕様がなくて引き寄せられるけれども、それは嫌なことですぐ離れる。それが子どものときからの体験だったんですけれども、変わってきたんですね。

谷川　鶴見さんも相当自分を分析するのがお上手ですね（笑）。ぼくは前にそのことで岩田宏に怒られたことがあるんだけど、ぼくよりはるかにうまいよ。

自我について

鶴見　この『落首九十九』のなかに、ある種の政治思想があって、そこが、わたしにアピールしたんだな。これは六四年ですね、というとべ平連より前だ。だからべ平連と結びつけてこれに共感したんじゃない。安保のあとの市民運動の谷間、最低のときで、そこで蠢《うごめ》いてるように、べつのこう政治思想があるという感じをもったわけです。なんていうかな……、決して自分を純粋化しようとしてなくて、ブクブクブクブクブク動いてる感じがある。そういうところが政治だって感じするんだ。市民としての政治意識をもったら必ずデモに出なきゃいけないとか、共産党に必ず投票しなさいとか、そんなこと言う必要ないと思う。ただ平常心をもってこうやって見ててね、人類を破滅するまでに追い詰めていったら困るじゃないか、石油から何から使い切っちゃって、空気も汚染したら困るじゃないか、それから中国相手にやる勝てもしない戦争に日本人が突っ込まれたら困るじゃないか、アメリカは朝鮮半島に原爆を落とすっていうけども、まず日本がそれでえらいことになっちゃうじゃないか、そういう平常心をもって対してる人がいれば、行動も生まれるだろう。そこをあんまり細かく考えていくと、もう政党の幹事長的になるのだが、そういうふうにプログラムをたてないで、もとの感覚のところでだまって見ているという流儀が『落首九十九』にある。「鳥羽」だって、あれは政治的な思想だと思う。正義に引きずり回されたくない。それはひとつの政治思想です。正義にひきずり回されたくない、だからもう政治はやらない、そういうもんじゃないと思う。

谷川　そりゃそうです。

鶴見　正義に引きずり回されたくないというそこに自分を置くってことはひとつの政治思想であって、それは自ら別のものを生むというか、もう一遍、瀏亮《りゆうりよう》たるラッパが鳴って、「畏《かしこ》くも……」っていう具合で天皇の命令がくだっても、もう動かないかもしれないね。それが政治だと思うんですよ。やっぱり、そこからっていう感じするけどな。

谷川　そこから、でも、どこへ行くんでしょうね、さっきからそれにこだわってんだけど（笑）。つまり鶴見さんは、非常に厭世的なとこがあるかと思うと、非常に楽観的なとこがあるという、まあ揺れ動いてるとこがとっても魅力なんだけど、それがただ両極に揺れ動いてるんじゃなくて、なんか重なり合ってるような気がする。そこの、なんか楽観的なとこの向こう側を、ぼくも垣間見たいという気がして仕様がないんです。それはべつにないのか、ただ毎日毎日を、つまり抵抗すべきものには抵抗して、喜ぶべきものは喜んで暮らしていく、というふうに割り切っていいのかどうかってことがね、ちょっと……。だから、なんか鶴見さんなりのユートピアがあるはずなんじゃないかな、みたいな気がしているわけ。

鶴見　わたしはそういうふうに割り切って、それにいくらか新聞かテレビなんかの情報を足して地図をつくって生きていきゃいいと思ってんですよ。そんな先の先まで見通せるというふうな学者の説がいろいろあったが、やっぱりこの百年の歴史でみると、マルクスでもレーニンでもしばしば間違ってる。いわんやスターリンにしたって徳田球一[5]にしたってみんな間違ってる。そうじゃなくて自分なりの感覚でやっていけばいいと思う。やっぱりポイントは、日本として、ゆっくり巧みに貧しくなっていって、この程度のことなら愉快に貧しくなっていけるなという、それを探し求めることだと思う。それから自分の生活で言えば、ここのところは削ってもいいな、こいつはなくてもやっていけるな、というランクを見極めることだと思うね、順位を。それが意外に、コーヒーだけは飲みたいってことかもしれない、朝寝坊だけはしたいってことかもしれないいんだ。その価値を、情熱をもって朝寝坊の権利だけは守るという、そこで生き生きとしてくると思うんだ。それが集団的になってくると、おのずから、あまり人に押しつけがましく強制しない助け合いの秩序というのが出てくると思うんです。それはやはり、韓国と日本と同一労働同一賃金にしなきゃ、日本は安全になりません。そうでなきゃ恨まれるのは当たり前でしょうし、どういう対立が起こるか分からない。ゆっくりその方向にやっていく、繰り返し手直しをしていく。それだけの覚悟を決めてやっていく。自分の暮らしのなかでそうやって整理してればおのずから方向がはっきりしてくると思うんだ。

谷川　でも鶴見さんはおそらく子どもの頃から物欲があまりなかったからだと思う。つまり着物も汚いのでよかったし。

鶴見　だけど、朝寝坊する権利だけは、というのがあるんだ（笑）。

谷川　それは物欲じゃないんですよ。世の中にはすごく物欲の盛んな人もいるわけ。それはぼくは、たとえば性欲が盛んな人とおんなじように、ひとつの業だと思ってるんですけど、そういう物欲が盛んな人が、自分の欲しいものを、つまりあきらめる。まあたとえて言えば高度成長みたいなものをゼロ成長にするというのは相当に大変だということもありますね。ぼく自身がいまのお話をうかがっててああそうかと思ったのは、ぼくはやはりどちらかというと物欲が盛んなほうなんです。四十すぎてから、さすがにそういう欲望がだいぶ少なくなってるんだけど、それでもぼくはやはり生活のここを削らなければならないという発想なんですね。ここだけを守りたいという発想じゃない。なんか、いわゆる豊かなもののほうに憧れていて、仕様がないからここは削っていこうという発想しかしていなかった、ということにいま気がついたんですけどね。だから、ぼくは朝寝坊の権利を守りたいというふうな、なんか豊かさといっても物質的な豊かさじゃない、一種の精神的な豊かさのほうに立って、それ以外のものは要らないんだって平常心で言えるんじゃなくて、やっぱりちょっとやせ我慢して、まあこれは切り捨てていこう、これは切り捨てていかねばならないっていう発想だったってことが分かったな。そういうふうに自然に朝寝坊だけって言える人は、逆に言えば物欲盛んな人にちょっと同情もたなきゃいけないってとこもありますね。

鶴見 しかし朝寝坊も大変なことらしい。

谷川 ああ、そうでしょうね。

鶴見 田中正造がね、死ぬ前に新井奥邃《おうすい》というキリスト教の説教師から諄々《じゅんじゅん》と説かれて朝寝坊はいかんて言われた。はじめは田中正造は一所懸命抗弁してたらしい。自分は一所懸命人民のために身をすり減らして働いてんだから朝寝坊したっていいじゃないかといろんなこと言ったらしいんだ。自分の財産は全部人民のために擲《なげう》ったんだしね。藍玉の商売で金つくった、それをどんどん自分で減らしてったわけだから。ところが駄目だと新井奥邃は言うんだな。頑固な男だなと思うんだけども、今から考えてみると、いくらか分かるところがある。田中正造は農民の部落に入ることを選んだ、農民の習慣は朝起きることで、断じてこれは朝起きなければ、田中正造が生涯かけたその目的は立たない。一般化はできないんだけど、まあ田中正造は死ぬまでそれを守ったらしい。可哀相だなあと思うんだ。

谷川 鶴見さんが、ソローの言葉を引いてらっしゃいましたね、人間は暇があって、その暇を愉しむことのできる生活をするべきだというふうな。そういう生活ができればおそらく理想なんだけども、そういう生活を許さないものがあれば、やっぱりそういう生活を主張することはできないんでしょうか。それともそういう生活をあくまで主張することでなんか切り開いていけるような状況があるのかしら、よく分からないんだけど。どこまでがエゴイズムで、どこまでがエゴイズムじゃないのか、その境目がとっても曖昧なんですよ。

鶴見　やっぱりね、しっかりしたエゴに支えられない正義の運動というか、フロイトで言えばエゴに支えられない超自我、それは簡単にかつ短日月で崩れると思う。超自我の命令を支える力をもつエゴがなきゃうまくいくはずないと思いますね。そこを全部ほっぽっちゃって、社会科学の名をかりて超自我だけを強化してうわーっと圧伏すると、それにいったん学生としてまきこまれても大学を出れば長続きしない。エゴをつくらなきゃ駄目だと思うな。ところが日本ではやっぱり競争本位の受験勉強で、小学校から中学校、高等学校と、エゴをつくってないもの。受験勉強をとおして従順な人間をつくっていくわけでしょう。それが大学へ行ってから学生運動の言語を押しつけられて、いったんはそれに同化して、会社に入ってからエゴに目覚めて学生運動の超自我を脱ぎ捨てる。エゴが強くなれば自然にそのエゴが自分を抑制することを知ると思うんです。だからほんとに子どものときからエゴを育てることが大切だという気がする。エゴが強く育てば、あらゆる欲望を全部無制限に伸ばそうなんてことにならないよ。

谷川　ならないですね。

老年について

谷川　こないだ耄碌《もうろく》ってことに興味をもってるって書いてらしたんで、あんまり早いんでびっくりしたんだけど、いまうちの母がね、動脈硬化で耄碌してるわけなんですよ。で徐々に悪化してってるんですがね、そうするともう嫌でもいろいろ考えざるをえない。まあ動脈硬化ってのは、最初ごく近い記憶を失うっていうことが割合顕著に出てきて、つまりいま言ったことを忘れて何度もおんなじことを繰り返すというのから始まってくる。そういうふうに記憶を失うと、やっぱり人格の統一性というものがだんだん感じられなくなるんですね。当人はどうしたって一人の人間だと思うんですよ、いくらとりとめないこと言ってても。で、呆けたときに子どもっぽくなる道と子どもらしくなくなる道があるってことを、誰かの説だって紹介してらしたけども、うちの母なんかは子どもっぽくなるほうで、まああわりと自我中心的に相当わがままになってきてる。

だけど、彼女がすぐにものを忘れるからといって、こっちがその場その場だけでいいかげんに話を合わせていくってことはすごく苦痛なんですよ。ぼくがいまいちばん困っちゃうのは、だんだん目を合わせて話ができなくなってくる。どうしても目を伏せちゃう。あるいはあらぬ方を見て話をする。つまり相手を人間として対話してると、ほんとにこっちが疲労困憊してしまうんで、なんかどうしても機械的に反応せざるをえないみたいなところが出てきちゃって、そういうことがいちばん苦痛なんです。子どもっぽくなってきたから子どもだっていうふうに割り切ることができない。というのは呆けてきたおかげで、もしかするとうちの母の人格のいちばん大事な根っこのほうのものが露出してきたんじゃないか、っていう気もちょっとするわけですよ。そうするとうちの母が、ほんとに繰り返し繰り返し、たとえば父に関する愚痴なんかを言う。そういうことがもしかするといちばんうちの母の人格の根本のところにある大事なものなんじゃないかとも思えるし、それからたとえば彼女が若い頃にピアノを弾いてたことなんかを突然思い出して、わたしはほんとはピアニストになればよかった、というふうなことを言ったりする。そういうのは、ぼくは生まれて四十年間、母の口から聞いたことがないもんだから、びっくりしちゃうわけです。それは一体ずっと密かに隠し持ってた彼女の欲望なのか、それともなんか呆けたからそういうものが偶然出てきたのかよく分からないんだけど、もしかすると、それは呆けたがゆえになんかはっきりしてきたものなんじゃないかという、一種恐怖感に襲われちゃう。そういう人間の人格というものが、ある面でばらばらになっていくということが、もしかするといちばん人格の根本にあるものを露出させていくんじゃないかというようなことを考えたりするんだけど、どういうものなんですか。

鶴見 それは谷川さんの詩にとっての新しい挑戦じゃないんですか、広大な領域じゃないですか。

谷川 だろうと思うんです。だけど、それは今とっても詩なんかと結びつけて考える余裕はなくて、毎日毎日実生活のなかで、女房とああでもない、こうでもない、ああすりゃいいか、こうすりゃいいかということばっかり、それこそもう馬鹿みたいに繰り返してるだけなんですけどね。

鶴見 それこそカンディンスキーみたいな、散乱する世界じゃないんですか。こう人格のたががはずれて……。

谷川 はずれてね。やっぱりそれは、とってもほんとは恐ろしいんですよ。女房なんかほんとに、自分がああなったときのことってのが念頭から離れないみたいになっちゃって、そういうときに一体どうすりゃいいんだろうなんて言ってるんだけど、ぼくはもうわりと楽観的でね。呆けちゃえば自分で分かんないんだから、人に迷惑かけようが、息子や娘が苦労しようがそれでいいんじゃないのなんて、無責任なこと言ってるわけなんです。

鶴見　それこそ、人間の思想にとって最も深い問題のひとつだと思うんです。近代は、それをまっすぐに自分の前へ置かなかったわけだ。やっぱり古代人はそれを見据えてるね。そこが面白いんだ。現代に生きている古代人のようなメキシコのドン・ファンの教えは、耄碌の問題を前面に置いている。要するに最後には負ける勝負を戦う、それが人間の光栄だっていう考え方でね、勇気をもってそこへ入っていく。世阿弥の『花伝書』もそうじゃないの。耄碌していく段階での輝きっていうかな。

谷川　そういえばそうですね。

鶴見　やっぱり若いときのそれは花があるけども、そっちのほうが綺麗なんだけども、しかしやり甲斐のあるのは老年に入ってからの修練だっていう価値観がある。あれはやっぱりドン・ファンなんかの感覚に非常に似ててね、古代人の知恵だと思う。近代でそれが失われたんだと思う。しかしそういうものを取り戻していくということ。日本のなかには古代にも中世にもあったはずだし、江戸時代まででそれはあったと思うんですよ。明治にもその残光はあったわけだ。小泉八雲が感激したなんて、まさしくそれです。近代のイギリス、アメリカで見なかったものが日本にあったからね。自分の結婚した人のお母さんに感心したのね、稲垣というおばあさんに。そういうとらえ方が大正、昭和と、うすれてきた。

谷川　うちの母が呆けてって、そんなにいいことはないんだけども、少なくともぼくの子どもたちが、そういう老人と一緒に生活してて、子どもたちにそういう老人の姿を見せることができたということだけはよかった、それは疑いえないんですね。ただ子どもっぽくなる道と子どもらしくなくなる道を選ぶことができるというふうに、どなたでしたっけ、おっしゃってたっていうことがね……。

鶴見　山内得立《とくりゅう》[6]でしょう。

谷川　ああそうか。とても面白かったんです。だから、いまぼくと女房との間でいちばんの話題は、呆け方を選べるかどうかということなんですよ。ぼくの友だちのおじいさんで、やっぱり九十幾つで亡くなったんだけど、とにかく毎日一合燗徳利を与えておけばそれをチビリチビリと飲んでさ、ほんとにニコニコニコニコして、すべてこの世はよし、というんで呆けた人がいると。うちの母もそういうふうに呆けてくれりゃ素晴らしいねって二人で話してるんですけどね。ぼくは、そういうのは機械的に脳細胞のどの部分が破壊されるかという問題で、自分で選択できないことだとはじめは思ってたんだけど、この頃はだんだん、もしかするとやっぱり呆けるまでに、自分がほんとに意志的に意識的に、自分の性格を形成することができれば、呆け方もそこで変わってくるんじゃないかというふうに、考え方もちょっと変わってきた。もちろんそのなかに運命的なものもあるし、それこそ不随意筋的なものがあるから、完全に選ぶことはできないにしても、人間はある程度呆け方を選択できるんじゃないかな、というふうに思ってるんですけどね。

鶴見　学問的には未開拓なんで、分からないけどね、実証的には。だけど、文化の型としてはあると思うね。文化的な強制力としてそれは強く働いてると思う。そうでなければ昔はもっと早く呆けただろうしね。そうなるとその共同体にとっては致命的です。だから、老人がきちんと型を守って衰えて死んでいくという努力が、それはやっぱり未開から古代にかけては、文明の中心だったんじゃないでしょうか。いつか分からないけども、そういうところが文化の基本だったんじゃないでしょうか。それまでは猿の社会とおんなじように、もう衰えちゃったら駄目ってことになったんでしょうけど、やはり、石器時代の茶の湯みたいの、きっとあったに違いないんだ。茶の湯なんて突発的に出てきたもんじゃないと思う。幾つも時代の修練を経て、茶の湯とか能みたいになってきたんだと思う。だから能や茶の湯を見て、その前例になるような石器時代の文化まで見る力をもてたら面白いと思う。それはやっぱりみんなが力を合わせてつくったんじゃないかな。そういうものを取り返さないとまずいんじゃないかなあ。それが文化の強制力として働いていれば、小さいときから手を打つことができるわけでしょう。

谷川　なるほどね。

鶴見　脳のあるところを交通事故かなんかでやられたら、もうひどくエゴイスティックになって、腹をこわしても食べたいときは食べるとか、そういうのがあるかもしれないけどね、そういう場合じゃなければ一応成り立つっていうようなこと、あるんじゃないの。つまり老人になったら一椀とか、そういうふうな型ができてるっていうようなことがあるんじゃないかな。

谷川　いま、いちばん母について難しいところは、彼女の、アイデンティティって言えばいいのかな、自分がなんのために生きてるか、つまり生き甲斐ですね。それをどういうふうに彼女のために保持してあげるかっていうことが結局いちばん難しい。彼女が呆けちゃって、たとえば日常の仕事ができなくて、それを手伝ってやればいいという形だったらものすごく単純なんですね。これは単に労働力の問題に換算できるんだけど、現実には彼女は全くそういう能力がなくなっていながら、そういう仕事を奪われることを極度に嫌がるわけです。これはやっぱり長年一家の主婦として父の世話をしてきた彼女のアイデンティティそのものみたいなものなんですね。だからプライドというのも当たらないぐらいに、彼女そのものになっている。そういうのを嫁とか息子とかが手伝うということは、彼女にとっては全く自分が無に帰しちゃうみたいなことらしい。彼女のその拒絶の仕方は相当激しいし、非常に不安感あるいは恐怖感みたいなものを伴ってるようなところがある。だから、どんなに呆けても、人間てのはそういう自分の拠って立つところを失ったら駄目なんだってことが、ほんとすごいんだなっていうふうに感心しちゃったんですけどね。呆けちゃったら、そういうものがなくなっちゃうのかと思うと、むしろそういうものが非常に尖鋭に出てくるということがね。

鶴見　だんだんに責任のある行動がとれなくなる。自分の労働範囲をギューッと凝縮して狭めてゆくならば、自分が賭けている理想を実現するってことはあるいはできるかもしれない。美学的な基準は非常に小さくして盆栽のような小さな領域で守り切るわけだ。それでも最後は崩れて負けるんだけれども、その直前まで守り切る、というか、それができるかどうかでしょうね。盆栽なんてのは面白いと思うね。昔くだらないと思っていたことが全部面白くなってきた（笑）。まあそれは美学的なものとも考えられるし倫理的なものとも考えられるし、見栄としても考えられるしね。

谷川　そうそう、そうです。

鶴見　持続睡眠（療法）やったことあるんだけども、もう腰が立てないと言われたときでも、どうしても溲瓶《しびん》を持って便所まで歩いていくわけだ。これをこう持つときに、「御名御爾《ぎょめいぎょじ》」っていう感じがしたのを憶えてるけどね。で、便所へ行くと小便がとれないわけだ。カラの溲瓶を持って廊下をまた帰ってくるときに、非常な屈辱感をもってね。おれの最後まで残るものは見栄なのか、と思ったね。そういうとこありますね、人間には。

谷川　ありますね。

鶴見　意識がもう殆どゼロになったときにも見栄が残るんだ。それはやっぱりそれを守り切れるように努力すべきではないのか。最後にはそれが崩れて終わるんだけども。それを守り切れる程度の領域はこれだっていうことを、いくらか知って老人のまわりにいる他人が助けてやらないといけないんじゃないか。それは子どもの発達に似てるんじゃないかな。

谷川　そうなんですよ。

鶴見　子どもでも一歳二歳だったら、助けないと、あらゆる点で責任もたしたら潰れちゃうからね。

教育について

谷川　ぼくらは結局、彼女に与えるものは玩具だっていうふうに、いま考えてるんですけどね。つまり現実に有効なものじゃないんだけども、彼女にとっては、それが発達の段階じゃなくて、退行の段階で必要なものってのがある。それは結局われわれの目から見れば遊びということでしか捉えられない。だけど彼らにとっては非常に真剣な生きる行為なわけだから、そういう点でも子どもにとっても似てると思うんだけど。でも、うちの母ってのは鶴見さんのお母さんみたいに一貫してた人間じゃないんで、あれなんですけども、ただぼく自身も相当強く母の影響を受けてるんですね。ひとりっ子だったでしょ、よけい母との結びつきが強くてね。しかも父っていうのは自分の仕事だけに興味があって、子どものぼくなんかにはあんまり興味がなかったっていう人なんですね。可愛いって気持ちはあったんだろうけども、自分と対等に話ができないとつきあえない。これはぼくは日本のインテリのひとつのタイプなんじゃないかと思うんだけど、たとえばお豆腐屋さんなんかと話なんか全然できないっていう人なんですね。

鶴見　面白いな。

谷川　つまりもう、なに話していいか分かんないんです。たとえばいま、うちの母の姉が心筋梗塞で入院してる。すると父も見舞いに行かなきゃ悪いと思って行くわけですね。するとまあ六人部屋にいるわけだから、ぼくなんかでも行けば、隣のベッドの付き添いの人とちょっと喋ったり、なんかいろいろするでしょ。うちの父は見舞いに行きますね、伯母にひとこと「どうですか」と言ったら、そこに坐ってね、雑誌読むんですよ、完全に。まわりの付き添いの人とか患者とかと全く無関係に雑誌読んでるわけ終始一貫（笑）。それはなにも威張ってるわけでもないし、ただ単にぶきっちょで話ができないというような人なんですね。それとおんなじように幼児のぼくとも、ぶきっちょでなに話していいか分かんないわけね。だからぼくは自分が詩を書き始めるぐらいまで、父親と話らしい話しなかったみたいな関係がちょっとある。それだけよけい母親と密接にくっついてたみたいなところがあって、母ってのが同志社なんか出てるもんですから、やっぱり相当キリスト教の、ぼくに言わせれば偽善的な面をぼくに吹き込んだところがある。そのなかにはもちろんプラス面もあるんですけど、たとえばこないだ気がついたんだけど、ぼくは幾つか質問を用意して友だちにその質問に答えてもらうみたいな本をちょっと作ったことがあるんだけど……。

鶴見　ええ、読みました。

谷川　「あなたが一番犯しやすそうな罪は?」という質問があって、それ、自分が答えなきゃいけなかったときにぼくはぜんぜん躊躇なく「傲慢」というふうに出てきた。これは小学校のころに、母親にこっぴどく怒られた記憶にどうも根があるらしいんですよ。それはやっぱりひとりっ子で、わりあい恵まれた環境に育っていて、ちょっと生意気な子だったんですね。大人のなかに立ち交じっても、わりといわゆるこまっしゃくれたところがあったらしくて、それを母があるとき本当にこっぴどく叱ったことがある。母にほかに叱られたこともあるんだけど、これだけはもう本当に頭のなかにこびりついてるんですね。そのとき以来、生意気だってことがすごく恐ろしいことだというふうにぼくはなっちゃったわけね。つまり自分の傲慢さっていうものを、ものすごい抑圧するようになった。抑圧すればするほど傲慢っていうのが残っていくんですね、これが不思議なことに、ぼく自身今は人とつきあうときなんか、ちょっと必要以上に腰が低いみたいなところがあるんだけども、実際にはその奥に深く抑圧された傲慢さがあるんです。だから「罪は?」と言われたときに、もう反射的に「傲慢」としか出てこない。それからもう一つは、母は父が母ひとりを守らなかったことを、相当に深く恨んでいたらしくて、それを、やっぱりぼくに吹き込んだと思うんです。だからぼくは夫婦の一方が一方を裏切るということにものすごい恐怖感がある。いったん浮気したらすべておしまいになるんじゃないかみたいな恐怖感があってね。いま女房に、そういう考え方は頑なでよくない、おまえは浮気しろって言われてるんですけどね(笑)。そういう母親から受けたものというのは強いですね。

鶴見　しかしその、谷川徹三氏の、病院で雑誌読んでるっていうのは面白いですね。その谷川教授の下に福田定良が助教授でいたわけで、福田哲学の誕生の条件がよく分かるね、それは。

谷川　と思いますね。これはもちろんぼくの成長にも大いに関わってると思うんです。ぼくは父のそういう面には、否定的だから。

鶴見　じゃ文学史と哲学史の、両方に大きな影響があった。

谷川　もう大影響ですよ、そりゃ、少なくともぼくは。福田さんは知らないけど。でも、うちの父のところに出入りしてた人のなかに古谷綱武[8]さんなんかもいらっしゃる。古谷さんなんかもやっぱり父とは相当対蹠《たいしょ》的なことをなすったわけでしょ、一時。だから、やっぱりそういうものの影響があるんじゃないかなあ。父の書く文章はとても分かりやすいし、へんに難しい術語みたいなものを使わないで、誰にでも分かるように書いて、とてもいい文章だと思うんです。だから文章という点では鶴見さんなんかとそう隔たっているはずはないと思うんだけども、なんか人間としては、おんなじ哲学を勉強した人間でも、随分違うんじゃないかと思うな。

鶴見　わたしは、福田定良はわたしの行くべき道を、わたしのずっと先を歩いてるって感じがするんです。福田定良は魚屋さんと話すことが、それが自分の哲学だと思っている。それが本当だとわたしも思う。一所懸命彼のあと追っかけて歩くんだけども、彼のほうは振り切っちゃって、もうあなたみたいな人と違います違いますって逃げていくわけだ（笑）。やるまいぞやるまいぞという狂言みたいな関係だ。福田定良にとってみりゃ、哲学の教授は谷川徹三、林達夫だからね。

その下で勉強したんで大いに尊敬してんだけど、ああいうのと自分は違います違いますっていうんで、自分は魚屋さんと話すニセ哲学者だというふうに逃げていくわけだ。

谷川　うちの父なんかはもう、芸術っていえば一流主義ですよ。限界芸術というふうなところには、少なくとも思想としてはいかないんじゃないのかな。一流主義だけども、自分の眼は信頼してて、たとえば民芸みたいなものでも、もちろん公平に見ますけど、でもやっぱり民芸でも一流っていうふうになっちゃうんじゃないですか。きっと。

鶴見　志賀直哉論ってありましたね。あれ愛読したことあるな。随分読んでるな、谷川徹三氏のものは。

谷川　ぼくなんか父に、一緒に住んでるわけだから、知らず知らずのうちにすごく大きな影響を受けてるんだけど、子どものころ、といっても思春期になってから自覚したんだけど、いちばん基本的な価値判断は、趣味がいい趣味が悪いという価値判断ですね。これはなんか絶対的なもののように思ってましてね。それは、たとえば着てるものとかなんとかだけじゃなくて、生き方全部を覆うものだというふうに、ぼくは子どものころ思ってた。いかに趣味がいいとか趣味が悪いとかいう判断を家庭で行ってたかということですね、きっと。

鶴見　いや、福田定良氏も谷川邸へ行くとその講義を受けてたらしいね、書いてる。

谷川　でも福田さんには、ぼくも、なんとなく振り切られてるっていう印象がちょっとあるんです。ぼくはつまり詩を書き始めたころから、文学としての詩だけじゃなくて歌の歌詞を書きたいとか、ラジオ・ドラマを書きたいとかあった。もちろんカネの必要もあったんだけど、つまり福田定良さんなんかと、そのへんでちょっとこう、うまく接触したようなとこあるんですね。福田さんがまだうちの父のところへ時々いらしてて、ぼくがちょうどまあシャンソンの歌詞みたいなものを書いてたりして、福田さんなんかが興味もってくれるかなと思って、ちょっと聞いてもらったりしたことあるんですけどね。だけど、なんとなくまあみたいな、かわされちゃったような印象があるんだけどな（笑）。どうしてかなあ。

鶴見　そうなんだな。

性について

谷川　ぼくは鶴見さんが、こんなことうかがっていいのかどうか分かんないけども、やっぱり性的に少し過敏というか、そういう性質だって、自分のことおっしゃってたでしょ。そのことが興味あったんですけどね。
鶴見　二、三歳のころからやっぱりそうなのね。二、三歳以前のことはちょっと記憶にないから分かんないけど。意識の発生と殆ど同じです。それを非常におふくろから抑圧されたから、だから生きてることは罪だというふうになったと思う。だから、いまわたしの根本的な哲学は、潔癖な人は幸せになりえないっていうことです。自分のなかからなるべく衛生上必要な最小限の潔癖さ以外は排除したい。
谷川　そういうことを意識なさるほど、つまり潔癖に育てられたわけですか。
鶴見　そう。だからなるべく手なんか洗わないでめし食いたいんだ。
谷川　すごいね、母親の影響ってのは。本当にものすごいもんだなあ。やっぱりセックスは罪深いっていうふうに、ずっと感じていらしたわけですか。
鶴見　そうですね。だから、ほんとは小学校へ入る前とか、小学校時代ってのは、女性を妊娠させる能力はないわけだから、もっと自由な男女の世界が開けて当たり前だったと、いまは思う。

谷川　そりゃまたすごい、金子光晴流だな（笑）。

鶴見　しかし、わたしにとっては、地獄だった。小学校へ行って教室へすわっても、そのことしか自分の頭のなかにないしね。自分のペニスがいま左のズボンに入ってるか右のほうにあるか、そういうことばっかり気になって、いつでもそれが意識のなかにある。学校なんかできっこないわけだ、ぜんぜん駄目。ビリから何番なんだ。

谷川　それはやっぱり、お母さんがそうだったからなのかしら。

鶴見　いや性的に早熟なのは自分の資質であって、おふくろがものすごい潔癖で弾圧加えたから、それに加速度がついた。そのときにもしおふくろがふわあっと、まあ十二ぐらいまでは女の子を妊娠させる能力がないんだから、どうぞご自由に、と言ってくれればね、違った境涯が開けたんじゃないかな。

谷川　なにになってたかね。そうなったら。「11PM」かなんかに出てたかも（笑）。十二歳っていうんだから、相当凄いね、それは。

鶴見　阿部定《さだ》の事件はショックだったね。もう。とにかくわたしにとっては自分の生涯に影響を与えた最大の人物の一人です。そりゃもうカントもヘーゲルも及ばない（笑）。もう考えに考えた。

谷川　そういうのから自由になったのは、やっぱりアメリカへいらしてからですか。

鶴見　十五のとき、アメリカへ行ったら、自分でオカネ勘定するから、どんなことでもできるわけでしょ。そのときからなんか非常に責任感が出てきてね。正確に言えば、わたしは十五からまる十三年間、男女関係もったことないです。完全にない。だから海軍にいた間とか占領地にいた間、男女関係ゼロ。それであるとき、戦後になってからね、ああ今年で十三年目になるなあ……、13のジンクスがあるの。それだけキリスト教から継いでるから。どうも13ってのは困るなと思って、それでちょっとひっかかっちゃってね。それだけがおれのなかにあるキリスト教なんだ。

谷川　ふつうの人間は十五からっていうんだけど、十五まで、で、それからないっていうんだから、相当非凡だね、これは。

鶴見　海軍にいると、とても困るんですよ。だから人に言う理由としては、結核が悪いって言うんです。そういうことを言って、逃げるんだけどね。だけど海軍じゃ「童貞番付」ってのが回ってきて、人がクスクスやってるから見たらね、ちゃんと横綱のとこに書いてあるわけだ（笑）。つまり童貞であるってこと以外に考えられないらしいのね。

谷川　そうでしょうね、そりゃ十五じゃね。ぼくは自分で、中学二、三年ぐらいから学校が嫌でいやで、つまり外からなにか強制されるってことが、ものすごい嫌な年頃になったんですね。数学なんかとくに不得手で白紙の答案なんか出して、まあ結局学校をやめたいというふうになってきた。そのときに父なんかは面と向かって、ぼくに学校へ行けって言う人じゃない。それまでの仲が疎遠だから、なんとなくそういう場がないんですよ。母を通じて婉曲に、学校へ行けとかなんとか言って、母がこう緩衝地帯になっていろいろ苦労した。あのときにもしも本当に両親が圧力かけてきたら、ぼくはやっぱり非行化しただろうってことは、すごくはっきりしてるんですね、自分の気持ちのなかで。

鶴見　じゃ、そこが分かれ目だったわけだ。

谷川　分かれ目だったんですね、ほんとに。あっちは、そこがちょっとインテリの弱味でね、なんとなく締めつけがゆるかった。ぼくはうまくそこを誤魔化して脱け出ちゃったっていう、そういう感じね。

鶴見　わたしは少女歌劇の女優さん乗っけて夜中の十二時ごろに家まで一緒に帰って来たことあったからね。もう、おふくろにそれをバーンとぶつけてやりたいっていう衝動で、もうそれだけ、真っ直ぐにビューンっていう感じだった。

谷川　そういう体験がしかし、私小説にならないでやっぱり哲学になったってところがユニークだね。

鶴見　いやいや。

陶酔について

谷川　ぼくはLSDのこともちょっとうかがいたいなと思ってたんですけど。

鶴見　ああ、あなたの記録を見てちょっとびっくりしたんだけど、人によって違う。

谷川　ぼくはあとでアメリカ人に、おまえ、なんて馬鹿だってあきれられましたけども、あんな状況で絶対にやるべきものじゃないって言われた。

鶴見　LSDは一緒に飲むパートナーが重要でしょう。非常に暗示にかかりやすい状態になるから、だから、どんなに悪い目的のためにも使えると思いますね。

谷川　島崎敏樹[9]さんはそんなこと一言も言ってくれなかったから。もっともまだアメリカのＬＳＤ体験なんか、殆ど活字にもなんにもなってなかった頃だから、無理ないと思うけど。

鶴見　わたしの場合は同志がよかったんですよ、非常によかった。それでもう一遍こっきりで、もう二度したいっていう気持ちがない。脳のうしろに体験が残ってるんです、いまでも。だから、いいなあ。ほんとに嬉しいですね。

谷川　羨ましいな。ぼくはおそらくいわゆるバッド・トリップだと思いますけどね、醒めるときなんか、ほんと不愉快でしたね。それもわりと長い時間、一晩以上嫌だったですね。

鶴見　ぼくは醒めぎわもよくてね。だけど体にいいとは到底申せませんね。寒山詩と陶淵明には、これと似た体験がいっぱい書いてある、李賀《りが》にも書いてある。だから古代のいろんな詩とか宗教をみると大体思い当たりますね、似たようなもんですよ。宮沢賢治もおそらくそうですよ。断食と結核でしょう。結核で体が弱ってきてあんまり栄養失調だと魂がふわあっとなって散乱して大空に散るっていう感じになる。あれですよ。

谷川　ぼくもいわゆるラリったっていう経験はないんですけど、時どき眠りに落ちる間際に多分これはラリったと同じ状態だろうと思うことがあるな。ものすごく感覚的に敏感になって、すべての感覚が甘美になるという時間がある。すぐ寝ちゃうから、ほんとにもう一分か二分で終わっちゃうんですけどね。でもああいう感覚が薬で簡単に得られるんだったら、やっぱり薬を常用しそうだな。ぼくの場合には島崎さんが、とにかくＬＳＤの影響下で絵描きには絵を描かせ詩人には詩を書かせるという、非常に明確な目的をもってらしたんですよ。しかもラジオのドキュメンタリーでしょ、マイクを前にしてるわけですからね。全然あれは駄目だったな。ぼくはなる感じなる感じ、全部もうシュールレアリスムの絵で見てるっていう感じでね、ほんとつまんなかった。これはダリの絵じゃねえかみたいな、そんなふうな……、音楽ひとつ聴かなかったわけだから、損したなあ。

鶴見　音楽も、インドの音楽をずーっとかけてくれたな。それはよかったなあ。

谷川　そうでしょうね。まさにぴったりですね。……鶴見さん、お酒はぜんぜん召し上がらないんですか。

鶴見　飲まない。

谷川　酔っ払いを相手になさることありますか。

鶴見　それはいつでもあります。

谷川　どうですか、そういうときに。

鶴見　いつも酔っ払っているみたいだから調子合うんじゃないですか。平常と非常に似てるから。

谷川　全然そういうのは苦痛でもなんでもないですか。

鶴見　なんでもないです。

谷川　調子よくいっちゃうわけですか。いいなあ。ぼくは友だちの場合には酒に酔った状態っていうのは、そんなに苦痛じゃないんですけどね、女房が酔った状態っていうのはものすごい苦痛なんですよ。これをどうやって克服するかってのが、ぼくのいまの最大の課題のひとつなんですけどね（笑）。これはさっきの母の呆けるのと似てて、つまり酔っ払った状態でどこまでその人のほんとの人格だというふうに思わなきゃいけないかっていうことなんですよ。つまりぼくが真面目に酔っ払った彼女の話の相手をたとえばしてますね。翌日になると忘れてるってことがあるわけですよ。するとぼくはあのときに非常に真面目になってやったんだけれども、そういうことに一体意味があったんだろうかどうかってことが疑問になってきちゃう。彼女が酔っ払ってるときには、ぼくがいろいろ言ったことに対して明らかにふだんとは違う反応が出てきてるわけ。それがもしかするとシラフのときには抑圧されていて酔っ払ったときに出てきた本当の彼女の言い分であり本当の感じ方であるから、ぼくはそれをちゃんと大事にしなきゃいけないんじゃないかっていう気持ちと、翌日になってぜんぜん憶えていないって言われたときの、それじゃあれは、こっちももっとなあなあにしてたほうがいいのかっていう気持ちと、その間に引き裂かれちゃうんですよ。ぼくはそれで困ってるんですけどね。なんかいい助言はないでしょうか（笑）。

鶴見　そのとき一緒に酒飲んでるんじゃないの。

谷川　飲んでますけど、ぼくは飲めないんですよ、あんまり。少なくとも彼女とおんなじぐらいにはならない、波長がずれてきちゃうわけ、明らかに。鶴見さんの奥さんはお飲みになりますか。

鶴見　ええ、わたしよりは飲みます。それから子どもが飲むんですよ、訓練してる。子どもがいちばん強いんだ（笑）。

谷川　すげえなあ。

鶴見　しかし谷川徹三氏は丈夫ですねえ。癌の手術をしたんでしょ、ギリシアかなんかで。

谷川　胃を二度切って喉を一遍やったんですけどね。なんか朝鮮人参飲むやらラジオ体操するやら、いろいろ頑張ってます。

鶴見　ものすごい美男ですね、あの人は。当代の大変な美男じゃないですか。

谷川　そういうことを言う人がいるからつけ上がるんだな（笑）。人間は四十すぎたら顔に責任もてって言うけど、ぼくは顔だけが人間じゃないと思うけどな。

鶴見　わたしは精神病院に入っていたときね、考えてて、ブツブツブツブツいろんなことが出てくるんですよね。おれの親父は美男なのに、祖父さんも美男なのに、おれはどうしてこうなのか。

谷川　こりゃいいね（笑）。

鶴見　くだらないことを気にしてるなと自分で思っている。でもブツブツブツブツそういうのが出てくるの。やっぱり子どものときから気にしてたんだねえ（笑）。

（一九七六年二月六日）

1　賀川豊彦（かがわ・とよひこ）／キリスト教社会運動家（一八八八―一九六〇）。代表作に『死線を越えて』（一九二〇年）など。

2　『エヴァンジェリン』／アメリカの詩人ヘンリー・ワーズワース・ロングフェ

ロー（一八〇七―一八八二）の叙事詩。一八四七年刊。邦訳は『エヴァンジェリン 哀詩』（斎藤悦子訳、岩波文庫、一九三〇年）など。

3 木下尚江（きのした・なおえ）／社会運動家・作家（一八六九―一九三七）。代表作に『火の柱』（平民社、一九〇四年）など。

4 河上肇（かわかみ・はじめ）／経済学者（一八七九―一九四六）。代表作に『貧乏物語』（弘文堂、一九一七年）、『自叙伝』（全四巻、世界評論社、一九四七―一九四八年）など。

5 徳田球一（とくだ・きゅういち）／政治運動家（一八九四―一九五三）。代表作に『獄中十八年』（志賀義雄との共著、時事通信社、一九四七年）など。

6 山内得立（やまうち・とくりゅう）／哲学者（一八九〇―一九八二）。代表作に『存在論史』（角川書店、一九四九年）、『実存と所有』（岩波書店、一九五三年）など。

7 福田定良（ふくだ・さだよし）／哲学者（一九一七―二〇〇二）。代表作に『民衆と演芸』（岩波書店、一九五三年）、『仕事の哲学』（平凡社、一九七八年）など。

8 古谷綱武（ふるや・つなたけ）／文芸評論家（一九〇八―一九八四）。代表作に『幸福への道』（三笠書房、一九四九年）、『人生ノート 若い日の思索のために』（大和書房、一九六五年）など。

9 島崎敏樹（しまざき・としき）／医学博士・精神科医（一九一二―一九七五）。代表作に『心で見る世界』（岩波新書、一九六〇年）、『生きるとは何か』（岩波新書、一九七四年）など。

昔の話　今の話

野上弥生子
谷川俊太郎

野上弥生子（のがみ・やえこ）

一八八五年、大分県生まれ。小説家。明治女学校卒業。夏目漱石の紹介で『縁』を発表して以来、明治から昭和末期まで八十年近い作家活動を行った。著書に『新しき命』『海神丸』『真知子』『山姥』『迷路』『秀吉と利休』、翻訳に『シェイクスピア物語』（チャールズ・ラム著）など。八五年逝去。

北軽井沢での暮らし

谷川　いつ北軽井沢からお帰りになったんですか。
野上　今月の九日に帰ったの。いつもは十一月の二十日過ぎまでいるんですけれど、今年は十日ぐらい早かったの。
谷川　今、北軽井沢では毎日どんな時間割でお仕事してらっしゃるんですか。
野上　わたしは人並みの食事をしないのよ。人間らしい食べ物を食べるのは晩だけなの。朝、お抹茶のガブ飲みをして、午前中の二、三時間は頭がみずみずしてね、何だってできるという感じ。少しくたびれたなと思って時計見ると十一時過ぎてます。お手伝いさんがお昼に来てお風呂ができるので入ってね、それからベッドに横になると、どうかすると五時ぐらいまで寝てしまうこともあるの。自分流儀のやり方を乱さずに続けられるのは、やはり山で一人だからでしょうね。
谷川　おばさまは三人のお子さんの育児と家事とご自分の仕事とを両立させてこられて、九十五歳の今も書き続けていらっしゃるわけですけれど、仕事を中断なすったことは全然ないんですか。

野上 ないの。書かなければ、語学の勉強したり、自分が知らないものをメチャクチャに読んだりしました。

谷川 素一[1]さん、茂吉郎さん、耀三さんたちが赤ちゃんだったころ、おむつをかえたり、お乳をやったりなすったんでしょう。

野上 ええ、そういうことはとてもよくやったの。子どもをおっぽり出すということは全然しなかったし、むしろ子どもと一緒に育ったようなものです。たとえば、素一が大学に入ったときにドイツ語を始めたので、わたしも一緒に教わってね。ただ作文の宿題がたくさん出るようになって、そのときにわたしが書き物を始めていたりすると、追いつけなくなったりしました。

谷川 たとえば小さなお子さんがまわりをうろうろしてても、お仕事はお出来になったんですか。

野上 ええ。だって彼らが学校へ行くと、その部屋にパッと入っちゃいましたから。だから自分の書斎なんて持てたのはいつのことやら。イギリスの女流作家のヴァージニア・ウルフが、女が自分の書斎を持つということは大変なことだと言っているけれど、わたしたちの時代もそうだったの。いわゆる女流作家とか先生とかが、書斎にちんとすましている写真を見ると、別世界の人のように思えたものよ。

谷川　おじさまはおばさまが仕事に打ち込んでいるのを、むしろ喜んでらしたと伺いましたけれど……。

野上　ええ、喜んでいたというけれど、書物をあてがって、それをうちで読んでいてくれれば、外を飛び歩いてお小遣いを遣ったり、変な友だちとほっつき歩いたりするよりも安心で健全じゃないですか（笑）。ですから今になってみると、父さんもうまいことしたんだなあと思うのよ。

谷川　おじさまとは恋愛結婚ですか。

野上　まあ、そうね。それが今書いている「森」の最後にちょっと出てくるの。それで打ち止めにと思っているんです。

谷川　その頃はもう書き始めていらしたんですか。

野上　ええ、書くことも読むことも好きでしたからね。ただ、北軽井沢で過ごす夏休みの間は、法政大学村のいろんな用事がすべて野上を通して行われていたこともあって、お客さんが多かったので創作はできない。それで翻訳をしたの。ラムの『シェイクスピア物語』などの翻訳は夏休みの仕事です。

谷川　今ふうに言えば翔んでる女なんですね。今の若い女の人だったら結婚すべきか、仕事をもって一人で自立してやってゆくべきか考えると思うんですが、おばさまは結婚なさるときに、そういう二者択一をせまられたことはなかったんですか。

野上　なかったの。父さんもわたしの先生ですもの。学生時代から、これ読めとかあれ読めとか言ってね。それと明治女学校で特別に自由な教育を受けたということは、根本的な影響力だったと思うの。女学校へは叔父の家から通っていたのだけれど、いろいろな事情もあって寄宿舎に入りたくてね。何度も頼んだけれど、入れてもらえなかったの。学校の自由ないき方とともに、寄宿舎そのものが特殊な組織になっていたためでもあるの。それは一般的な考え方から郷里の家では、寄宿舎というものは何かと不行き届きで、若い娘の生活にはかわいそうだという変な思いやりから許してもらえなかったわけね。

谷川　その頃から文学というものを志してらしたんですか。

野上　いいえ、文学なんて概念はないの、勉強よ。何でも勉強。学校の課業が終わると、午後はみんな本読みというのに行ったわけで、特別文学に志を立ててなんていうんじゃ全然ないのよ。

谷川　勉強と物を書くということは矛盾しなかったんですね。つまり、物を書くのはやくざなことだとかいうような考え方はなかった……。

野上　全然ないのよ。鷗外さんが二度目の奥さんをもらった頃なんだけれど、観潮楼の近く、根津の権現さんの裏道を上がったところにあった菊池さんというお琴のおっしょさんの家に、学校の帰りにお稽古に通っていたの。そのおっしょさんが、一葉女史のことをおなつ、おなつ、おなつって言って、おなつも出世したもんだというわけなの。一葉さんが亡くなったすぐあとだったと思うけれど……。菊池さんは旗本の御家人で、おなつのうちはその出入りの者で、一葉という文名とはコントラストをなすような扱いを受けていたわけなのね。しかし、おなつのようになろうという気は別になかった。

谷川　でも、一生涯、物を書いていこうと意識なさったのはいつ頃からですか。

野上　それもねえ、意識したことないのよ。でも、夏目先生のところの集まりの存在によって、いつのまにか書くことになったの。

谷川　夏目先生との関係はどういうことからですか。

野上　これも今から考えると、はなはだ自然ないきさつでね。というのは、野上は大学で英文科であったし、夏目先生が英国の留学から帰られて、すぐ教鞭をとった一高時代から教わっていた間柄でもあったところへ、夏目先生が雑誌「ホトトギス」によって文学の道に入られたし、最初の『吾輩は猫である』の執筆でいちやく文学界の第一人者になられたような関係で、もとの学生たちがまたそのお弟子になり、先生のもたれていた「木曜会」なる毎週の会合に連なっていたことから、わたしもその場の様子をよく聞かされて、「人のすなること我もしてみん」といったような気持ちから、ほんのまねごとに書いてみたんです。

それが実際の処女作になる一編が不思議にも先生の最後のお仕事になった『明暗』と同じ題でした。ところが『明暗』を先生が読んでくださっただけでなく、実に懇切で、先生の書かれた様々の長い手紙の中でも第一の長文とされる手紙を書いてくださいました。ああいう手紙をいただかなかったら、わたしは書くことをおそらく続けなかったでしょうし、もし、やめとけと言われたら、やめていたでしょう。

宇宙時代について

谷川　山からしばらくぶりに帰られると、いろいろな変化に気づかれることでしょうね。

野上　半年北軽井沢にいて帰ってくると、半年前と何と違ってしまったかと思うような変化がたくさんあります。政治のこと、経済のこと、がらりと変わっているでしょう。たとえばエネルギー問題にしてもそうです。今度いちばんびっくりしたのは、ボイジャーがとうとう土星に近づいたことね。土星には環があることは分かっていたけれど、あれほど幾重にも美しい線を描いて存在しているということや、十三も衛星があったというふうなこと。ソビエトの宇宙飛行士が初めて地球を見て、「地球は青かった」という表現をしたとき、何て魅力的な表現だろう、すばらしい言葉が聞けたものだと驚いたんですけれど、今度の土星への接近は半年前には夢にも思わなかったことで、びっくりしています。

同時に、初めのアポロのときからですけれども、学問の最先端による発見に対して、最も古典的なギリシャ神話の神様の名前をつけるということ、これは最も古いものと、最も新しいものとの驚くべきコントラストだと思うの。ヨーロッパの言葉がギリシャ、ラテンからフランス、スペイン、ポルトガルへと流れているのに対して、日本語のルートは全然分かっていませんね。

谷川　天文学と天文学に連なる現代物理学が西欧先進国で発達してきて、今の世界の技術文明の主流になっているということがはっきり出ているという気がします。昔はラテン・アメリカにも相当優れた天文学があったらしいし、中国にもあったらしいんですけれども、そういう天文学と西欧文明の天文学ときっとどこか違っていて、ただ観測するだけではなくて、西洋人は実際に機械をつくってそこへ行こうという意思をずっともち続けてきて、それが結局、昔、太陽系内の星たちにギリシャ神話の神々の名前をつけた、ということにつながっているんじゃないかと思います。結局、星にマルスだの、ジュピターだの、ギリシャ神話の神々の名前がついているものだから、今でも星にはギリシャ神話の名前をつけるのが当たり前になっているのであって、本当はどんな名前をつけたっていいわけでしょ。ですから、われわれは依然としてギリシャ以来の西欧先進文明の影響下にあるということに、残念ながらなりますね。

野上　ええ。日本人はその件からは非常にかけ離れたところにいると同時に、わたしたちのもっている言葉のルートが、北のアルタイ語、蒙古語に近いとされる、インドの海洋地域や琉球、それから黒潮に沿った諸島にも類似語があり、類似語があると同時に、また非常に違ってもいますね。ギリシャ、ラテンの文字、言葉がヨーロッパの地域を支配してるようなわけにはとうていかないわけね。

谷川　そうですね。今、西欧文明が一つの転回点にきていて、たとえばアメリカでも宇宙計画に対する予算がだんだん減ってきています。一時のような、とにかく人間は宇宙を探検していかなければならないという動きではなくなって、もっと地球上の様々な問題を先に解決しなければいけないし、宇宙にロケットを飛ばすような巨大技術が、はたして人間に幸せをもたらすのかどうか疑問になりつつありますね。もっと人間にとっての多様な適正技術があると考える人たちがふえてきて、たとえば原子力にしても、原子力発電ということが危険であるばかりか、経済的に見ても引き合わないという意見がずいぶん出てきています。土星の環をあれほど鮮明な写真で見たのは人間にとって初めてだけれども、ぼくらの子ども時代からもうその想像図はあったわけです。環が幾つに分かれているかとか、本当は何でできているのかということは今まで確認できなかったけれども、われわれの子ども時代から人間の想像力の中では、ある程度見えていたということも、ぼくはとても面白いと思います。

野上　俊ちゃんのいちばん最初の詩集の『二十億光年の孤独』という表現は、昔からの詩集の題にはないわね。

谷川　この間も、もし今ぼくが十九歳で『二十億光年の孤独』という詩集を出したら、ベストセラーになってたんじゃないかと笑い話をしていたんです。今はやりの「コスモス」という言葉も、ぼくは若いころ盛んに使っていました。ですから、科学というものは素晴らしいものだけれども、科学が実際にやり遂げたことを、人間はその以前から予見はしていたんだと言えますね。

野上　そう。予見はしていたんだけれども、予見以上のものだということの発見は、やっぱり最近になってからじゃないのかしら。

谷川　アメリカやソビエトの宇宙計画についても、地球上の諸問題を解決するのが先だとか、結局は軍備拡張競争の一環であるとかという見方も当然あります。そういう部分は、ソビエトやアメリカの宇宙技術を推進してきた大きな力だとは思うんだけれども、やはりその根本に人間の好奇心があって、これは本当に大昔から変わってないという気がします。

野上　ええ。軍事力に利用されるということの恐怖は本当にあるけれども、地球が今後どうなるかということを考えてみると、今のように楽々と暮らしていけるかどうか。地球の成立を考えると、たとえばヒマラヤだって、初めからああいう山だったわけではなく、一つの変化でできたんだろうし、深い海だってそうです。これからだって、どんな変化が起きないとも限らない。人口の増加と食糧の問題とか、資源問題とか、石油問題とかが著しい例になっているわけでしょう。人間は地球を捨てて、どこか似たような天体に、民族的にではなく、地球族的に移るということだって、何十億年、何百億年後にはないとは限らない。今やってることがそれに役立つとは考えたくない。そんな恐ろしいことは、ないほうがもちろんいいいんだけれど、可能性ということを追求していけばそこまでもいき得るわけでしょう。

谷川　ですから、宇宙開発ということは、ある意味では他の星の植民地化ということにもつながっていないとは言えないわけですね。

野上　逆にこちらが向こうにお世話になるかもしれない。

谷川　ええ、知的生物がいればね。だから、宇宙に向かってまで資源やよりよい住み場所を求めたりするというふうに、人間はどんどん拡張していくものなのか、それとも、地球なら地球という限られた条件のもとで成長の限界を知って、あるバランスをもって、それ以上は大きくならないで生きていくべきものなのかということが、文明の基本的な問題であるような気がするんです。

言語と文化

野上 火をもたらしたプロメテウスは、おそらく雷さまだと思うの。人間が火を得たということが、今日の人間の進歩をもたらした最大の原因であることは確かだけれども、おそらく天体の変化か火山の爆発かによって火を初めて人間が知り、また、その利用によってあらゆる多岐の文明が発生したんじゃないでしょうか。

谷川 ただ、人間がどういう形で初めて火を得たにしても、ほかの動物は火を恐れたのに、なぜ人間だけがそのとき火を恐れずに、それを利用できたかということが、その前にあると思います。それはなぜかということは、おそらく解けないような問題だろうけれども、ぼくの漠然とした勘では、やはり人間はそのときすでに言語をもっていたんだろうと思う。人間が動物と分かれるいちばん大きなポイントを、たとえば火を使うという点に求める人もいるし、人間が直立して、二本の前足を手として自由に使えるようになって、それで道具を発明した点に求める人もいるけれど、われわれ物書きは、何よりも、人間が言語をもったということが、人間を獣と分かつ最も大きなところだと言いたいですね。

言語がどういうふうにして人間のものになったか、よくは分からないけれども、結果的に見て、人間は言語をもったからこそ、世界を一つの秩序あるものとして見ることができ、そこから人間自身の恐怖とか不安とかを克服する道も開けてきたんだろうという気がします。

野上　それは、やはり自然から教わったんじゃないかしら。まわりに存在するものによって、ただ叫びであったかもしれないし、呻《うめ》きであったかもしれないし、また涙のような嘆きであったかもしれないけれども、そういう初めは非常に発作的だったものが、繰り返し、繰り返しするうちに、美しいとか、醜いとか、恐ろしいとか、冷たいとか、熱いとかという意味づけをされて、次第に後世言葉と言われるようなものが形づくられていったんじゃないかしら。だから、地域による言葉の相違ができたんであって、同じ条件と同じ生活の中にずっといたならば、同じ言葉しか必要ないわけでしょう。だから南に住む者、北に住む者、西に住む者、それぞれによって違った言葉が形づくられてきたのであって、地理的に複雑な場所であるほどルールがはっきりしないで、混乱しているということもあるんじゃないかしら。インド洋諸島の島々では、ほとんど素裸で暮らしているので、裸の表現が非常に多いんですって。

谷川　日本みたいに雨の多いところでは、雨を表現する言葉が多いですね。五月雨とか、時雨とか。おそらく砂漠に住む遊牧民族にはそういう言葉はほとんどないでしょうし、逆に肉食を主とする民族には、獣の状態なり体の部分を記述する言葉が非常に多いんです。日本語にはそれに当てはまる言葉がないので、たとえば英語の「マザー・グース」のような童唄《わらべうた》を訳すときには、困ってしまうんです。鳥の雄、雌でも向こうはそれぞれの単語がありますね。たしかに、風土とか地理的条件によって、言葉はいろいろな形で違う面を発達させてきたわけだけれど、不思議なのは、人間であれば、たとえどこの民族の赤ん坊であろうと、どの文化圏に属する赤ん坊であろうと、異文化圏の異言語を受け入れる用意が常にあるということ。日本人の子どもでも、まわりが英語であれば完全に英語をしゃべれるようになるし、その逆も本当だし、人間は皮膚の色とか、髪の色とか、遺伝形質とかでいろいろ違うんだけれども、言語を習得する構造をもっているという点では、まったく普遍的であることがぼくには非常に面白いですね。

人間の起源がどこにあるかはもちろん謎なんだけれども、言語を獲得したことで人間は自然から切り離されてきた、いやむしろ、自然から疎外されてきたと見ることもできるぐらいで、言語を獲得したからこそ人間は人間になれたと同時に、それは人間にとってはもしかすると不幸なことだった、という見方もできると思います。

野上　これはニューヨークの産科の病院でお産をした日本婦人から聞いたことですが、赤ん坊の産声なるものもやはり民族的な違いがあると、その病院では言われているそうです。産声というのは一種の単なる科学現象で、またそのお産の属する民族全体のエネルギーとかいうものが、同一でないのを示すものかもしれないのね。

谷川　ぼくは赤ん坊の産声は、まさに人間が言語を獲得した瞬間の叫びだと見ることができると思う。子宮の中でまどろんでいる間は、人間は完全に獣と同じ自然状態で、自意識と他者の意識が分離していない、すごく幸せな状態なんだけれど、いったん大気の中に飛び出た瞬間に、不安と恐怖の叫びをあげるのだというふうに、ぼくにはどうしても思えてしまうんです。

野上　日本人が南方からきたとすれば、それは九州の山岳地帯を通ってではなく、海づたいにきたんでしょうね。丸木舟を漕いで出て、黒潮に乗れば、いや応もなく琉球から日向のほうへ流されます。わたしは大分の臼杵《うすき》で生まれたので、柳田國男さんたちが一個の椰子の実について考えたようなこと、子どもの頃からの実感として分かるの。日向の海は瀬戸内海にくらべれば荒くて、変化も激しいので、日向の波にやられた難破船は、いや応もなく瀬戸内海へ流されます。種子島に鉄砲が初めてきたのも、ザビエルがくる前にポルトガル人が二人、臼杵の海に上陸したのも、ウィリアム・アダムズ（三浦按針《あんじん》）の船が漂流したのも、すべて日向灘から臼杵の入江にかけてです。別府と四国の間を通れば、次は瀬戸内海で、自分の池に帰ったようなものだけれど、あそこまで来るルートはやはり日向灘の向こうからの黒潮に違いないと思うの。

谷川　日本語がどこからきたかということは大野晋《すすむ》さんたちもいろいろ研究していらっしゃる。これもきっと、ただ単一のルートだけではなく、幾つかのルートがあったんでしょうね。

野上　白鳥[2]（庫吉《くらきち》）さんをはじめとする研究では、北のほうもあるでしょうし、内蒙古や、朝鮮もあるらしいのね。

谷川　そういう原大和《やまと》言葉みたいなものが、いまだに現代日本語にも残っているわけだけれども、日本の言葉はとにかく中国の影響を非常に強く受けて、文字はそのままいただいちゃったわけですね。そして、いただいた漢字からひらがな、片かなが生まれた。ところが、中国から音はいただかずに、日本独特の音を当ててきたんですね。

野上　そのことが日本の文化の上に非常に大きな影響を与えていると思うの。文字と音が別々にくるという例は、めったにありませんね。わたしは中国語学者の藤堂（明保《あきやす》）さんに話を聞いたことがあるの。藤堂さんは本郷で漢文を学んだとき、その頃の講義が漢文も「四書五経」を基礎としていて、それ以上の新たなものはなかなか学べなかったのに失望して、ご自分で北京に留学したんですって。そして、十年の滞在の間に、初めて中国語を言語として勉強したそうよ。藤堂さんが言うには、ただ文字によって入ってきた中国の言葉と、音による響きとが非常に違う、意味まで違うの。たとえば陶淵明の「菊を採る東籬《とうり》の下《もと》、悠然《ゆうぜん》として南山を見る」の「悠然」という言葉は、日本だと「悠々閑々《ゆうゆうかんかん》」という意味だけれど、中国では「憂愁」の意味があるんですって。こういう様々な相違がそのほかにもいろいろあるらしい。

谷川　ぼくは漢字はいまだに外国語みたいな気がします。たとえば子ども向けに詩や絵本を書くときには、やはりひらがな表記で書きたい。ひらがな表記で書ける日本語が、われわれ日本人の心と体の深いところに、いちばん根をおろしていて、それがわれわれにとって最も腑に落ちる、という気がします。第二次大戦後、とくにアメリカ文化が大量に流入してきて、外来語がふえて、外来語がここまで日本語を侵していいのかという議論もあるけれど、日本語は相当昔から外来語に侵されてきた言葉だし、またそれなくしては進歩してこなかったんじゃないかとも考えられる。たとえば明治時代にオランダとか、イギリスとか、ドイツの制度、機械、文物すべて、さらに思想、概念にいたるまで大量に流入してきたときに、それらを日本人がここまで受け入れることができたのは、漢字があったからであって、原大和言葉だけだったら、日本人はここまで変わらなかったでしょうね。ほかの文化、ほかの言語の影響を受けて変わっていくのが、日本文化の特質だというのはよく言われることです。

野上 ところが今、たとえば哲学という言葉、日本人はよく分からないわね。

谷川 ええ、分からない。

野上 それから哲学用語、たとえばゾルレン（当為）なんて、俊ちゃん、分かる？

谷川 全然分からない。

野上 しかしね、今や日本で使っている科学的な用語が中国にいっているの。経済問題とか、政治問題とか、ことに科学的な問題はそうだし、日本で出版されている論文などを彼らは読むでしょう。ですから、わたしたちが明治の初年に難しいドイツ語の当て字のような言葉に、とっつきにくかったと同じような現象が、ちょうど中国にも今起こっているんだそうね。

谷川　とくにここまで交通、通信手段が発達してくると、どんな国だってほかの国と無縁でいるということはあり得ない。フランスはその点、中華思想の持ち主だから、フランス語をとても純粋に保つということに神経質らしいですね。

野上　フランス人にとっては、ドイツ語なんて田舎言葉だそうね。

谷川　アカデミーではアメリカ語を禁止しているそうですが、そのフランス語も、何世紀か前には野蛮な言葉とされていた。それをフランス人は意識的に磨き込んできて、今ではフランス語で考えるくせをつければ、非常に正確に物事を考えることができると言われるほど、正確な言葉になってきているそうです。日本人はそういう言葉の正確さというものを求めたことは、ないんじゃないでしょうか。

戦後の日本語と仕ぐさについて

野上　フランス語がギリシャからローマを経て、フランスに入ったというルートは間違いないし、さらにピレネーを越えてスペインにいき、それがポルトガルにいったという厳然とした流れがあって、土地によっていくらかの相違とか変化はあるにしても、大体の骨組みははっきりしていますね。ですから、テレビのスペイン語の講座をたまに見ると、フランス語やイタリア語を聞いているような感じで、ああ、この話、こんなことだなって見当がつくでしょう。ところが日本語と外国語となると、なかなかそうはいかない。それに関連してゼスチャーの問題になるんだけれども、何かの事情で長い間別れていた人たちが、いろいろなプロセスを経て何十年ぶりかにめぐり会った、というような場面をテレビで見ると、とくに女の人が相手に取りすがってワーワー泣くでしょ。あれはやはり最近の変化だと思うの。昔は、人前で抱擁して泣くなんてことは、日本のふつうの女の人はしなかったものよ。

谷川　それは、べつに武家階級の女の人ではなくても?

野上　ええ、武家階級に限らずね。男と女が人前で手や肩を触れ合って、喜びや悲しみを表すことは、絶対なかった。それは、今の言葉にかつてなかったものが敗戦後、怒濤のごとく入り込んだのと同じ変化よ。だから、ああいう接触の形も、自然に言葉が美しくなるように、きっとなってゆくでしょうね。今が最も中途半端なところなのかもしれません。

谷川　おばさまが子どもの頃は、食事のときに食べながら話すのは、たいへん行儀が悪いこととされていたとおっしゃってましたね。

野上　ええ。

谷川　ところが今は、たとえばアメリカ人の家庭に招かれて、食事のときに話をしなかったら大変な非礼ということになります。

野上　ええ、大変な非礼です。

谷川　そこまで百年足らずの間に変わってきて……。

野上　百年足らずじゃなくて、三十年よ。テーブルで物を食べるということも、ほとんどなかった。箱膳、一人ずつのお膳よ。テーブルになったのは、わたしが高等小学校を出てよっぽど経ってからです。今はもう、田舎でも椅子、テーブルでしょう。

谷川　椅子、テーブルになってドアになれば、自然に体の形も変わってくるし、ゼスチャーも変わってきますね。映画監督の市川崑さんが、フランス人の俳優を使って映画を撮ったことがあるんです。そのフランス人の俳優が何がうまいかっていうと、ホテルの廊下を歩いてきて、部屋のドアを開けて入る仕ぐさが実にうまいと言うんです。実はほかのことは大根だという意味の、市川さん一流の皮肉なんだけれど、そういう西洋風の家の中の、西洋風の廊下を歩いてきて、西洋風のドアの把手《とって》をつかんで、西洋風のドアを開けるという仕ぐさ一つにしろ、まだ日本人には身についていないんですね。

野上　おっしゃるとおりね。

谷川　椅子そのものだって、まだどこか不自然です。けれども、ぼくらはもう着物も着られないし、畳の上での礼儀作法はほとんど知らないわけです。

野上　言葉で本当に変わったなあと思うことは「愛する」という言葉の氾濫ね。日常語にも歌詞にもひんぱんに出てきている。なぜわたしがこのことを考えるかというと、女学校のキリスト教教育を受けたからで、「愛する」という言葉は「主、われを愛す」という、まったく宗教的な意味以外には使わなかったものなの。これを日本の小説に初めて使ったのはいったい誰で、いつ頃からなんでしょうね。

谷川　英語のラヴは初め〈お大切〉と訳されていたそうですね。「恋愛」という語の用例は、明治初年からあったようですが、「愛する」を使い始めたのが誰か、ぼくは知りません。

野上　もう一つ気になるのは、今の若い人の発声のしかたや調子で、語尾が上がること。わたしはお能の先生とか、ふつうの素人以上に訓練のできた声の人と接触が多かったせいで、声の調子を上げるとか下げるとかいうことに敏感なので、感じ方がふつうとちょっと違うかもしれないけれど。あれはやはり、戦争がもたらした一つの混乱の続きと言ってもいいでしょう。日本語でいちばん大事なのはアクセントです。アクセントが非常に重要な意味につながる。この頃の若い人の調子を聞いていると、わたしたちなら下げるようなところを上げますね。

このあいだ山から帰るときに、ドライブインでお茶を飲んでいたら、一人の男が配膳棚の前で大きな声で話しているんですけど、何て言っているのか、わたしには分からないの。値段が高いわりに料理がまずかったと言って怒っていたらしいんだけど、その調子が聞きなれたものと違っていて、喧嘩になるのじゃないかと思うような調子でね、びっくりしました。俊ちゃんたちにとっては、そういうのは自然な変化で、特異な形だとは思えないのかしら。

谷川　ぼくは言葉のある面での専門家ですから、言葉のあらゆる現象に対して、価値判断よりも好奇心のほうが先に立つんです。たとえば、今の若い女の子の語尾を引っ張る話し方とか、語尾の抑揚が甘ったれたような話し方は、べつに好みではないけれど、そういう話し方自体が彼女らを表現しているという面では、非常に面白いですね。

野上　それは、そういうことが当然起こってきているということを考えるから、面白いんじゃないの。

谷川　そうです。その起きてきた必然性は簡単に解明できないけれども、これは日本の社会の動きというものと切り離せないと思うからです。

野上　ええ、そう。ですから、今のアクセントにわたしが感じる違和感は、やはり戦後の一つの現象である、ある時代の避け得ない出来事だということはよく分かります。でも、歌う人たちのゼスチャーと発声が調和ある同一性をもっているとは感じられないの。あれはウソものだと思えてしまいます。

イタリーの無線電話を発明したマルコーニのお嬢さんが属している学校に、ずっと昔、参観にいったことがあります。そのとき、その背のスラッとした十二、三のお嬢さんが、本当に美しい発声と身ぶりで歓迎のあいさつをしてくれたの。それがごく自然な口調と踊るような仕ぐさで、心からわたしの訪問を喜んでいるという感じでね。ああいう発声にはああいう身ぶりをしなければならない、また、ああいう身ぶりにはああいう発声でなければならない、という必然性ができているんだなということを、つくづく感じたわけなの。非常に民族的な香りがあるんです。面白いことには、いったいに、イタリー人はゼスチャーが大げさだと言われていますが、とりわけナポリあたりはそれがはなはだしく、たとえば雨の日に二人の男が出会って話を始めると、もっている傘が邪魔になり、それを相手の男に渡して、からだ全体の身ぶり手ぶりで語り続け、今度はその答えとして、相手の男が渡された傘と自分の傘をまたその男にもたせて、しゃべり続ける、といった話さえ伝わっていますからね。

この頃の日本の歌手も発声は何とかできていても、身ぶりは型をつけてもらうんでしょう。

谷川　専門の振付師がつけるんです。ですから日本語に則した自然な身ぶりではなくて、人工的な振付です。日本語にはそもそも身ぶりというものがほとんどないでしょう。

野上　ないですね。

谷川　身ぶりを入れたら失礼だというのが、日本語の特性だったと思うんですけれど、アメリカ人の身ぶりとか、イタリー人の身ぶりとかがとくに戦後に入ってきて、また、今の歌は地球上のいろいろな音楽のイディオムが入り込んできているから、言葉は日本語であっても、メロディーとかリズムそのものは日本音楽とは相当大きく離れてしまっていて、身ぶりが入ってきたほうがかえって自然だということになっているんでしょうね。

野上 そう。しかし、マルコーニのお嬢さんたちが本当に美しいと外国人にも感じさせたような、そういう完全さにはなかなかまだなっていないわね。

谷川 仕ぐさ、身ぶりと日本語とがある形で調和するまでには、何百年かかるか見当もつかない。

野上 それは何百年もかかります。

日本語の将来

谷川 そのうちに、日本の伝統文化はすべてほかの文化と混合して、まったく違うSF的な身ぶりになるかもしれない。

野上 そういうふうになるかもしれないけれど、それが一応ある程度の完成にいって、それでまた崩れるということは考えられないの。

谷川 そうはならないんじゃないでしょうか。洋服の変化にしても、着るものによって人間の体は相当影響を受けると思います。日本の礼式というものは、和服の長い伝統の上に立ってきたし、住様式としての畳、ふすま、障子などに規制されてきたわけです。今の日本の建築はもう大混乱状態でしょう。

谷川　そういうところで、ある統一された様式が育つとは、ぼくには思えないんです。

野上　そうね。

谷川　ぼくは混乱と見ていない。

野上　そうすると、混乱が続くんじゃないの。

野上　それが新しい形ということ?

谷川　そうです。混乱と見るのは日本の伝統的な文化が、ある統一性を保っていた時代に生きてらした方の見方であって、ぼくらもややそこに片足を突っ込んではいるけれど、まったく根なし草で育っていますから、混乱というよりも、それがありのままの姿であると思います。これは単に礼儀作法とか身ぶりだけの問題じゃなくて、日本文化全体の問題でしょうね。ですから、その混乱を引き受ける以外ないんです。混乱という側面はたしかにあるわけだけれど、混乱として見ているといつまで経っても、じゃあ正統は何かということになって、その正統なるものは過去の中に探すということになりかねないので、ぼくはそういう立場はもうとれないと考えています。おばさまは今の状態を混乱だとお考えですか。

野上 まだ整理ができていないんだから、混乱という言葉を使うより仕方がない。混乱という言葉では強すぎるなら、まぜこぜになっていて、もとのものが失われ、新しいあるべき形のものがまだ整わない状態、というふうに言えるんじゃないかしら。

谷川 あるべき新しい形が、はたしてこれから先、整うかどうかは、ぼくには疑問です。

野上 詩人の本当の役目というものは、そこにあるんじゃないかと思うのよ。

谷川 詩人だけじゃどうにもならないでしょうね。詩人には両面あると思います。たとえば三好達治さんは、日本の伝統的な詩歌の流れに結びついて、本当の美しい日本語、正しい日本語をずっと詩の形で書いていらしたと思う。けれども、たとえば萩原朔太郎の詩は、発表されたときに発禁になった詩もあるくらいで、むしろそれまでの日本語を破壊する形で、新しい日本語をつくったという気がします。

野上 朔太郎の「竹」の詩で、みるという字を彼は見と書かないで、視と書いているでしょう。受け取り方がデリケートで、見では表せない、彼にとっては視でなければならない。じゃあ、視と見とどんなぐあいに違うのか、と言われたら、朔太郎にも説明できないでしょうね。あなたの詩にしても、春雨を、春の雨と書く。どうしても春の雨と書かなければおさまらない。おさまらないという言葉があるでしょう。同じ人でも、同じ事実でも、そのときのムードというか、感情というか、情感の発作の影響とかいうものがある。そこに詩の、ふつうの文章以上の難しさがあるんじゃないかしら。

谷川　そういうことをつきつめていくと、結局教科書の表記では飽き足らない、ということになってきますね。

野上　そりゃそうよ。

谷川　ということは、日本語にある規範があるとしても、その規範を壊す方向にいかなければいけない、ということになってくる。

野上　ええ、そういうこと。壊すか変化させるかね。

谷川　われわれ物書きにとっては、破壊と創造は切り離せない。詩人だけではどうにもならないということは、いくら言語を正していっても、それが保守的な方向にだけ動いているんでは、若い人たちの心を摑むことができない。かといって、それを新しがりばっかりでやっていると、今度は伝統から切り離されてしまうことになるということです。

野上　保守的というふうに思わないほうがいいのよ。変わるんですから。西田（幾多郎）さんの哲学は突如ということが基礎になっていなさるけれど、田辺（元《はじめ》）先生の哲学は根本的に異なっています。瞬間というものは、前の瞬間の中に今の瞬間が入っていて、今の瞬間というものは次の瞬間を巻き込んで渦巻きのようになっていて、物事が動いてゆく。だから一、二、三、四と移ってゆくんじゃなくて、進歩の中にはいつでも過去と現在、未来が渦になっているんで、そういう意味において、本当の伝統主義は本当の進歩主義であるべきだというの。北軽井沢の生活で十年間、一人で田辺先生のお講義聴いたんです。田辺先生のお講義の立派さは京都でも有名だったんですけれど、それを「あなた一人で聞けるというのは大変羨望すべきことである」と和辻（哲郎）さんが冗談でなしに言ったの。一ぺんわたしも聴いてみたいんですけれど、一ぺんわたしも聴いてみたいんですけれど、妙な山の生活から始まった勉強が、わたしにとっては貴重な経験になったんですけれども、同時に先生もわたしに感謝していいと思うの。先生はご自分の哲学を語らないではいられない人で、大学の講壇で語るのをおやめになった停年後、とにかく一人の聴講生を十年もたれたということは、先生には一つの偶然の幸いであったかと思われますから。

谷川　おばさまが今の日本語が乱れているとおっしゃるのと違う意味で、ぼくも今の日本語の状態がこれでいいとは思ってない点はあります。それは若い人たちのしゃべり方とか、アクセントの問題ではなくて、むしろ、国会で政治家がしゃべる日本語とか、あるいは西欧直輸入の理論を受け売りしている学者の書き方ないし話し方とか、そういうもののほうがずっと日本語を悪くしていると思います。言葉というものを浮き上がらせているというか、意識して嘘をつくし、自分で嘘と思わずに大げさな言葉を使うし、自分が本当に自分の心身で理解していないことを言葉にしてしまうし、そういう形で言葉と現実との距離がどんどん広がっているような気がする。言葉そのものはもう溢れているにもかかわらず、じゃあ、その言葉が本当に意味している現実の存在があるかというと、それが全然なかったりする。たとえば、民主主義なら民主主義という言葉が使う人によってまったく意味が違っているというような点での言葉の堕落ということを、ひしひしと感じます。

野上　それを言語の堕落と思うの？

谷川　堕落だと思います。割り切ってしまえば、もっとSF的な言語が出てくるんだと言って言えないことはないし、また、今のように情報量が圧倒的にふえてくると、空中に浮遊してるような言語が溢れていて、それはそれで人間の意識をある程度変えていくとは思うけれども、美しい日本語とか、正しい日本語という言葉の外側の姿形ではなくて、一人の人間の魂と言葉のかかわりを常に問題にしなければいけないと思います。

野上　それはそうね。

谷川　できるだけ分かりやすくて正確な日本語を使うという基本は、絶対に崩しちゃいけないですね。しかし、そういうことがもうメタメタに崩れている。

野上　話す人が、それが最も正確で、平明で容易な言葉だと思っていても、受け取るほうがそれと同じ程度の理解力をもたないと、それさえ分からないんじゃないかしら。

谷川　それもありますけれど、少なくとも平明に、簡潔に言語化する努力はすべきだと思います。

ぼくらが、おばさまがお書きになるものを読んでいちばん安心できるのは、けれんみのある日本語、大げさな日本語は一つもお使いにならないということ。本当に平明で簡潔な描写というものをその底に据えてらっしゃる。今そういう書き物があまりにも少ないんです。

野上　しかし、わたしは自分のものに本当に満足したことないの。

谷川　常に不満をもっていらっしゃるということに、ぼくは前から大変敬服しています。

野上　いつでも不満をもっています。その瞬間は、とことんまで力は抜くまいと思ってやっているのに、次の瞬間には、ああ、こうすればよかった、ああすればよかったと思うのよ。俊ちゃんだって詩を書いていてそう思うでしょ。

谷川　ええ、その点ではまったく同じです。詩の場合にはわりと一編が短くても書けます。あるところまで全力集中して、そこでパッと切り上げて、それで出来上がっちゃうこともあるんですけども、長篇小説はそれが許されないでしょう。

野上　どうしようもないわ。

これからの仕事

谷川　もう一つ安心することは、その語り口のリズムが実に淡々としていて、一本貫かれていることで、これが読んでいてとても快いんです。一日何枚お書きになるか知りませんけれども、そういう語り口のリズムを支えているのは、おばさまの日常生活だろうと思う。ご自分がお書きになる小説の文体そのものも、時代に沿って変化してきてるとお思いになりますか。

野上　意識しないけれども、やはりしてるようね。わたしは自分の書いたものに何も未練がないの。よくみんな自分の作品に、いとし子のような情感を示すでしょう。中勘助には最もそれを感ずるけれど、わたしはそういう未練、何にもないの。だから、人から自分の作品のことを言われるのはちっともありがたくない。ほめられても悪く言われても、どうしようもないんですもの。その瞬間には、とにかくあらゆる限りの心魂を傾けたんですから。書き直すことは絶対にできませんしね。

谷川　読者の存在はあまり意識されたことはないですか。

野上　ええ、意識したって売れもしないし……。

谷川　売れる、売れないことじゃなしに、同時代を生きる人間として、先程、あるべき調和の状態をつくるのが詩人の役目だとおっしゃったけれども、ある社会の中における作家の役割をどういうふうに考えてらっしゃいますか。

野上　それは人人《にんにん》の素質によるということをずいぶん感じます。それにつけてまた思い出すことがあるのよ。一般に夏目先生の門下生なる言葉で和しているあいだにも、それぞれにお仲間めいたものがあってね。たとえば寺田（寅彦）さんとか、松根東洋城さんとか、松山や熊本時代からの関係の人もあり、また、鈴木（三重吉）さんとか、森田（草平）さん、小宮（豊隆）さん——野上もその中に入るでしょうが——がいて、そうした人々のほかに赤門関係で「新思潮」を出していた菊池（寛）さん、芥川（龍之介）さん、久米（正雄）さん、松岡（譲）さんといった人々もあとでは門下生といった関係になっていました。その中で正直に言って、世間的にも実力を認められていたのは菊池さんと芥川さん。菊池さんは『忠直卿行状記』や『父帰る』で評判をとっていたその一方で、毎日新聞に、たしか一枚何百円かだったとわたしは聞いていたんですけれど、原稿料をちゃんと決めて、それで毎日続き物を書くと聞いたとき、みんなびっくりしたものです。作者が原稿料を決めて、取引で仕事をするって。そのとき菊池氏は、それはそれ、文学作品は文学作品、とちゃんと両立してやってみせると豪語したので、みんなは本当にそれができるかどうか拝見しましょうと、興味をもっていたというわけだったの。その後、菊池氏の仕事が、やはりだんだん大衆小説のほうへ流れていって、芥川だけが本物になった、その分岐点がちょうどあの頃なの。

谷川　今、「森」という半自叙伝的な作品を書き続けていらっしゃいますけれども、ああいう作品を書く上での原動力は何なのですか。

野上 若いときに、今から考えると非常に特殊な生活をしたでしょう。それは別にいい事をしたとか、立派な事をしたということじゃないけれど、自分の存在の一つの印として書き留めておく価値があるんじゃないかと思って始めたことなの。ところが、それが決して自分にとどまらないで、自分のまわりにあったものをすべて書かなければ、それが表せないというふうになったわけです。

谷川 あれはどの時代までお書きになるご予定ですか。

野上 いわゆる自叙伝としては、これからが面白いのよ。わたしも成長していって世の中が大きな形で分かってくるし、いちばん接触するのが（伊藤）野枝さん、平塚（らいてう）さん、（中条）百合子さんでしょう。ですからこれを書くだけでも、日本の女性の歴史をすべて書くようなもので、わたしに余力があったらそこまで書きたいんです。ドイツのキューゲルゲンの『一老人の幼児の追憶』という非常に面白い自叙伝がありますけれど、これはすべて史実に基づいて書いてあるの。わたしも単なる文学作品という意味ではなくて、こういう書き方をしてみたいと思っています。

（一九八〇年十一月十三、十七日）

1　野上素一（のがみ・そいち）／イタリア文学者（一九一〇―二〇〇一）。野上豊一郎・弥生子夫妻の長男。著書に『ダンテ その華麗なる生涯』（新潮選書、一九七四年）など。

2　白鳥庫吉（しらとり・くらきち）／歴史学者（一八六五―一九四二）。代表作に『西域史研究』（岩波書店、一九四一年）など。

いま、家族の肖像を

谷川賢作
谷川俊太郎

谷川賢作（たにかわ・けんさく）
一九六〇年、東京都生まれ。ジャズピアノを佐藤允彦に師事。現代詩をうたうバンド「DiVa」、ハーモニカ奏者続木力とのユニット「パリャーソ」で活動中。「四十七人の刺客」「のさりの島」などの映画音楽、NHK「その時歴史が動いた」テーマ曲などを手がける。著書に『ピアノへ』など。

「詩はフィクションです」

谷川俊太郎さんは、よくこう言う。

「ぼくは、たとえ詩の中で〈家族〉と言っても、頭の中に自分の家族というイメージはまったくないことがほとんどです。詩を書く人間は誰でもそうかもしれませんが」

詩の朗読とピアノによる新作『家族の肖像』についても、それは変わらないと言う。

共作者は、音楽家である息子、谷川賢作さん。

〈家族〉を巡る、ふたりの親子語りが始まった。

こっちは言葉で、そちらは音楽

俊太郎　〈家族〉と言ってぼくが最初に思うイメージはね、アメリカのナイーブ・ペインティングの家族像なんだよね。名も知れない素人画家の、アルカイックな描き方で描かれた家族像。そしてもう一つは、西部劇に出てくるような開拓者のイメージ。それがぼくの〈家族〉の原型になっている。都会の中の家族というよりも、荒れ地の中の家族、荒野で孤立して生きている家族、というのがわりと好みね。

だから家族についての詩は過去にけっこう書いているんだけど、自分の家族とは離れているよね。もちろん無意識にもとになっているのかもしれないけれど。

賢作 それはもうまったく、よくわかるな。今回CD『家族の肖像』を作曲したときも、どの世代にとっても普遍的なものにしたいと思ったんだ。確かにあると思うんだよね、〈家族〉という存在すべてに共通する何か母体のようなものが。どんなにギクシャクしてる関係でもすさんだ状態でも、二十代であれ、五十代であれ、七十代であれ、子を持つ親、親を持つ子に共通する愛情なり、情感なりがあると信じたい。

俊太郎 血のつながりということで言えば、賢作が書く曲は自分と共通な感性があると思うようにはなったね。こっちは言葉でそちらは音楽でぜんぜん違うメディアなんだけど、たとえば一緒に公演するとき、詩を朗読してそのあとに音楽が入ってくるじゃない、そのときに違和感がまったくないんだよね。朗読に音楽がかぶるときも、何の打ち合わせもしなくても予想通りのところで音楽が入ってくる。

これはやっぱり、血のつながりってものが少しはあるんじゃないかと思うのね。
　詩があって、音楽があって、その二つに共通するものがあるとするでしょ、言葉では言い表せないことなんだけど。それは自分が持っている感性であり、あなたが持っている感性であり。たぶん根っこがひとつなんだろうなあ、というふうに感じるんだよね。ぼくの詩を使ってあなたが歌を作るときの詩の選び方を見てても、「うまく選んでんじゃーん！」って思うよ。

賢作　それは親子とは関係ない技術職対技術職のぶつかり合いだ、ということもある。詩の良さはすっごい認めてるの。どれも心に直接来るいい詩だなと思ってさ。でも、たとえば今回のように朗読と音楽で一つの作品を作るときに戦略的にどうするかっていうのは、ぼくの世界。たくさん詩を読んで落とすものは落とすし、曲間に効果音を入れたりね。大げさに言えば、職人として持てる技のすべてを注ぎ込んでる。もっと言えば、詩なんて一度も読んだことのない人にも、感じて欲しいし、すべての人に発信したい。そのためには「谷川俊太郎」のいいところをすべて使いたい。いまでもぼくには「谷川俊太郎の息子」っていうのがついて回ってるから、そんな世間の見方をいい面で利用してやろうっていう気持ち。

俊太郎　それを言うなら俺も「徹三の息子」ってずっと言われてたわけだからね。

賢作 だからぼくは常に、ぼくらの関係はマイルス・デイビスとテオ・マセロだと言ってるんだよね。つまり、偉大なクリエイターと的確なコーディネーター。その見方がいちばん自分自身がラクっていうか、で、谷川俊太郎の詩をこんなふうに扱えるのはぼくだけだぞっていう自負心もあるし。

俊太郎 そりゃそうだよ。

賢作 それでいいものができたらやっぱり、多くの人に聴いてもらいたい。今の時代は「売らなきゃだめだ」と思うしね。『家族の肖像』は全国の家族に向けて作ったから、一家に一枚、〝家庭の医学〟になるためにとにかく頑張って売ろうと思ってる（笑）。

俊太郎 そういう使命感は、わかんない。

賢作 マイルスにわかるわけないいじゃない、マイルスはパフォーマーなんだから自分の領域でプーッと最高のものを吹いてくれればいいんであって（笑）。でも、こういった制作過程でいいんじゃないの？ 一緒に口出ししてたら収拾がつかなくなるもん。

俊太郎 そうさ、俺が作ったらまた別のものになるんだから。

賢作 そりゃそうだよ。そう思う。

俊太郎　だから信頼してまかせてるわけだしね。

賢作　今回の作品中の詩について具体的に言うと、「パパ自讃」（一九六八年）と「おとうさん」（一九八八年）が甘かったよね、男に対して。その一方に「不機嫌な妻」（二〇〇三年）があってかなり厳しいじゃない？　男をスパーッと切る詩も入れればよかったかな（笑）。

俊太郎　それは著者が男だから仕方ない（笑）。いや、でも男に厳しい詩も探せばあるんだよ。だけど〈家族〉というテーマだとやっぱり父とか、祖父とか、息子とかの役割になるじゃない。

賢作　そうか、それはそれでいいのかなぁ……。朗読の最後を締める「家族の肖像」（一九六〇年）はさっき言った開拓者の家族のイメージが充分にある詩だしね。新しく書き下ろした詩も二つあるね。「いま」と「祖母」。「いま」は作品の冒頭に来る詩だけど、木管四重奏曲「Family Portrait」から詩「いま」へのつながりはうまくいった。

俊太郎　「いま」については、それまでに書いた家族の詩とは違うものを書こうというのはあったよね。初めてあの木管の曲を聴いたときにすごく好きになって、あの曲のこだまみたいなものが自分の中にあるうちに書いたからああいう言葉が出てきたんだと思う。だけどぜんぜん意図していないから、「ああ、わりとうまくいったなあ」みたいな感じだよね。

賢作　テオ・マセロとしてはあの流れの中に『家族の肖像』のすべてがある、と大げさに言いたい。

父・徹三のこと、父・俊太郎のこと

賢作　小さい頃よく、おじいちゃんに両手に抱かれてほっぺたをすりすりされたことを憶えているけど、友だちの前でもやるから恥ずかしかったよ。

俊太郎　俺も徹三さんにはすりすりされたけれど、物心ついた頃からずっと「反面教師」として父親を捉えてきたね。ああいうふうになりたくないって。要するにあの人はインテリで、インテリというのは観念的なものじゃない？　つまり、家庭的な実務はいっさいぼくの母まかせで、彼女が歳をとって呆けたら彼はまったく打つ手を知らなかったわけ。そういうインテリの〝ダメさ加減〟をずっと見せられてきたからああいうふうにはなりたくないって、ずっと思ってた。それから彼の権威主義も嫌いだったよ、俺は。「そんなもの大したことない」と言いながら、芸術院会員になったことが嬉しかったりとか、実業界のハイソな人のパーティーに出かけるのが好きだったりとか。そんな姿を見て、あの人は利口なのになんでそうなるんだろう？　って考えると、ああ、やっぱり田舎モンなんだろうなあと。そういう意味では母親のほうがずっと洗練されていたから。だから彼がいつでも背広は三つ揃い、家では和服、というのに対して俺はジーンズをはいて嫌がられたりとか。

賢作　フフフ。

俊太郎　それからすごい食道楽でよく連れていかれたけれど、俺は自分がひとりのときは「デニーズ」へ行くとかそういうふうにやってたんだよね。だけど気がついてみると、よく似たところがあるのね、やっぱり。

賢作　どこらへん？

俊太郎　たとえば美術品の好みなんかよく似てるね。徹三さんは古ければ古いほうがいいっていう人だったけど俺もそう。それから〝子どもとの関係〟がいちばん似てると思ったね。

賢作　ハハ、それはぼくとの距離感？

俊太郎　そう。息子と転げ回ってすもうをとりたいとか酒飲んで語り合いたいとかそういうのはなかったから。

賢作　キャッチボールは少しはしたけどね。

俊太郎　そうだね。でも野球は俺が連れていかれたわけだからね（笑）。中学生の君がナイターに連れてってくれてさ、俺は初めてで「へぇ、ナイターっていいなあ！」なんて思ったなあ。だから親子の距離のとりかたはどうしても徹三さんとの距離のとりかたと似たことをしちゃってんなあって思うねえ。結局父親については、そのとき腹が立っても、いまになって考えてみると彼はああしかできなかったんだと段階的にわかることがある。で、そこがやっぱり自分と共通してる。それはもしかしたら親子だからじゃなくて、ある種の人間に共通なものかもしれないけれど。「もの書き」に共通な性質というか……徹三さんも若い頃にけっこう詩を書いていた人だからね。

賢作　ぼくの場合は小さい頃、友だちに父親が詩人だって言うのが恥ずかしくて、学校の先生にも「父は著述業です」とか言ってしらばっくれてた。それこそ、ここ数年一緒に仕事をするようになってから嫌にならなくなったのかも。

俊太郎　へえー、ずいぶん最近だね。

賢作　まあ、もう自分の父親として「谷川俊太郎」を見られなくなっているのかもしれない。だって「お見事！」という感じだからね、他の人とのつきあい方においても、私生活においても。その「お見事」っていう部分が崩れたらどうなるのかなっていうのは興味あるねぇ。

俊太郎　もうちょっと歳とったら呆けたりするかもしれないしって？

賢作　自分の父親という観点から言えば、昔っから変わらずぼくの応援団長。

俊太郎　人によっては自分の思い通りの息子にしたいと思ってすごく厳しく応援する父親もいるけど、ぼくはそうじゃないタイプの応援団長だね。もし息子がゲイになりたいんだったら、それも応援する。

でもね、俺はやっぱり賢作と志野《しの》（俊太郎氏の長女）に対して自分が知子さん（賢作さんと志野さんの母）と別れて別の女の人と結婚したことについて、負い目みたいなものがあったから、賢作が舞台の上で「谷川俊太郎はバツ3だから」って言い出したときにはけっこう解放されたね。

賢作　だってそれはネタだよ、ネタ。舞台で言うと、お客さんからワッと笑いがくるじゃない（笑）。

俊太郎　そう、だからネタとして扱ってくれるっていうことが嬉しかったのね、俺は。

賢作　言うのはどうってことないよ。

俊太郎　わかるよ、チョロって口から出たんだろうけどさ。でも俺はやっぱり子どもたちがどう思ってるんだろうって気になっているわけだから、ああいうふうに屈託なく……まぁ、「屈託なく」とは言ってもお互いにデリケートな配慮がいろいろあると思うんだけど、それができるというのはありがたいことだと思うんだよね。

賢作　親しき仲にも礼儀ありって言うし（笑）。

（二〇〇四年五月七日）

『家族の肖像』序詩（ポリスター）

いま

おおむかしからおとうさんがいた
おかあさんがいたこどもがいた
もりのなかに　うみべに　やまのふもとに
いわやくさやかぜといっしょに
けものやさかなやむしといっしょに
このちきゅうのうえに　このそらのしたに

いまおかあさんはあらいものをしてる
いもうとはまんがにむちゅう
おとうさんはまだかえってこない

ぼくのみみはおとうさんににてる
いもうとのこえはおかあさんににてる
おかあさんとおとうさんはどこもにていない

ぼくはまどのそとのやみをのぞきこむ
ぼくたちはひとりひとりちがうにんげん
でもぼくたちはかぞく

ぼくたちのきもちはまじりあう
ぼくたちのこえはひびきあう
それぞれのあすにむかって

あとがきにかえて

谷川賢作
谷川俊太郎

大人と話す

――〈あとがきにかえて〉ということで、俊太郎さんと賢作さんの親子対談で本書を締めくくりたいと思います。題して、「俊賢《しゅんけん》２０２１」。前掲の二〇〇四年の対談から月日が経ちましたが……。

俊太郎　ちょっと待って。それにしてもこの対談集、古いモノばっかり集めてない？　読者が興味をもってくれるか、はなはだ心配なんだけど。ちゃんと売れるのかしら、この本。

――いえいえ、対談でしか残らない貴重な言葉の記録だと……。

賢作　ぼくは面白かったですよ。なによりも鶴見俊輔さんの言葉に驚きました。「日本として、ゆっくり巧みに貧しくなっていって、この程度のことなら愉快に貧しくなっていけるなという、それを探し求めることだと思う」（２０５〜２０６ページ）って、五十年も前に見抜いているんだもの、これからの日本は徐々に身の丈にあっていかなきゃダメだということを。

俊太郎　鶴見さんは「退行計画」というのも書いていた人だからね。

賢作　もうほんとに先見の明がある人だよね。そもそも対談の文体自体に精神の躍動感がありますね。大の思想家の鶴見さんが、年下の詩人に対等に接している。だから読んでるこちらも自然にリズムが合ってくる。

俊太郎　時代のエネルギーがあるんだね、きっと。

賢作　あるある。なんて言うのかな、すべてのことに真面目に突っ込んでいく感じ。それもエネルギッシュにね。

俊太郎　こっちだって、すごく緊張してたもの。相手は上の世代で、しかもちゃんとした大人。外山滋比古さんとの対談なども、やっぱりとても緊張するんですよね、こちらは若かったから。

賢作　ああ、わかります。そこはかとなく文面にも表れていました（笑）。歳の差といえば、野上さんとの対談も面白かったですよ。

俊太郎　ああ、弥生子さんとのね。

賢作　齢九十五で、あの切れ味。いったい何なんだ、この人は！　って。脳の引き出しにあれだけのことが常にクリアに入っているなんて、並大抵の方じゃない。

俊太郎　「俊ちゃん」なんて呼ばれてさ。弥生子さんは北軽井沢の別荘の隣人だったから、幼少期からお菓子をもらっていた間柄でね。高校生ぐらいのときは、会うたんびに教え諭されたりしていたわけですよ、立ち入ったことも含めて。で、ぼくは醒めた目で見てたわけ。彼女の小説は『海神丸』くらいしか読んでいないし。でも、母が子育てにしろ自分の悩みにしろ、弥生子さんに頼っていたのも知ってたから、野上さんはちょっと特別ですね。

賢作　あんな記憶力のいい方が、うちのことをぜんぶ知ってるお隣さんなんて。

俊太郎　とはいえ、自分の作品は公器だと確信している方でしたから、おおやけの場での対談は成り立つんです。

賢作　伝説の人名が次から次へと出てきましたね。でも、今の若い読者にはもう誰が誰だかわからないんじゃないかな。

俊太郎　ホラ、賢《けん》だって心配になってきたじゃない、この対談集。

老いを描く

――今日は、タイトルにちなんで親子同士の人生相談をしてもらえればと。

俊太郎　しませんよ。だって、よっぽどトラブルでもなければ親子で突っ込んだ話なんてしないもの。ぼくのほうが遠慮しますしね、たとえ聞きたいと思っても。

賢作　これまでもしてこなかったしね。だって、テレビドラマじゃあるまいし。

俊太郎　そうですよ。

――そうですか……。

賢作　でも、さっき言ったことに加えて、いろいろ発見がありましたね、息子としては。

俊太郎　なあに？

賢作　鶴見さんとの対談で、母親の認知症のことを語っているでしょ。ぼくにとってはお祖母ちゃんの多喜子さんのことです。多喜子さんが一九七六年ですでに認知症になっていて、そのことについてぼくの母である知子さんとこんなにいっぱい夫婦で話し合っていたなんて知りませんでした。その頃二人とも四十代だったわけでしょ？

俊太郎　七六年？　ぼくは四十代半ばだね。

賢作　その歳で親の介護問題に突入していたわけだから。それは随分早かったね。

俊太郎　当時、有吉佐和子さんの『恍惚の人』がベストセラーになって、今でいう認知症を世間が語りはじめた頃だったのね。ぼく自身は話題として読むぐらいで、ちっとも実感がなくて。でも、老いについて意識的になったきっかけではあったのね。七四年には、ぼくも人生の終《しま》い方について脚本を書いてます。「じゃあね」というNHKの七十分ドラマで、主演は笠智衆さんと田中絹代さん。七十歳を過ぎたおばあさんが年下のおじいさんと出会うストーリーで、おばあさんの最後の台詞が孫娘に言う、「じゃあね」。

賢作　おじいさんと旅立つ？

俊太郎　そう。ふたりで結局、雪山で凍死することを選ぶんです。

賢作　え？　そんなラストなんだ。

俊太郎　それまでのいろいろを孫娘の眼から見た物語にしたのね。嫁姑関係や相続、老人の愛情問題など、当時にしてみればかなり現代的だったと思いますよ。確かNHKからの依頼で書いたんですが、よくもちゃんとテレビ化してくれたものです。原盤はまだ残っているのかな、あればもう一度観たいですね。

賢作　今だったら、どう書く？

俊太郎　老いについて？　そうねえ、自然なものですからねえ、老いは。ぼくは今、老いは自然だと思っている。この歳になると、自分が自然そのものだということがよくわかるから。

アメリカでね、エックハルト・トールという男が知られているんです。スピリチュアルな講演や執筆をしているんだけど、彼がインドに泊まり込んでレクチャーした映像がとてもいいんだよね。レクチャーといっても、何十人もの前に座りながらボソボソボソボソボソ話す感じがまたよくて。しかもね、彼は過去も未来も幻想だと言うわけ。あるのは「今」だけ。ぼくが昔から感じていたことと彼の話はほとんど同じなの。だから好きなのね。

キーワードに「降伏する」、サレンダー（surrender）というのがあるんです。簡単に言えば、無条件で受け入れること。嫌なことが起きても、サレンダーすると「周りにスペースができる」と。この言い方がものすごくいいと思ったのね。

賢作 ちょっと観てみないと返答のしようがないけれど……（手元でスマホを検索して）うわ、映像は計十六時間三十分だって。

俊太郎 そう。DVD五巻か六巻つづけて観たおかげで、その良さがだんだんわかってきたのね、観ていてちっとも飽きないんだよ。彼は「フォームのないものがいちばん大事」と言っている。人間が頭でつくり上げたものはぜんぶフォームだから、そうではないもの、つまり形のないものが大事だと。だから意識の状態としては禅の悟りに似ているね。「サレンダー」と「フォーム」と「プレゼンス」かな、今ぼくが面白いと思っているところは。

音を聴く

賢作　ぼくは「音楽モノ」の映画だけはコツコツ観るようにしてるんです。細野晴臣さんのドキュメンタリーも観たし、昨日は「ジョン・コルトレーン　チェイシング・トレーン」も観てきたし。

俊太郎　ああ、ほんと？　どこで？

賢作　アップリンク吉祥寺。あさイチが狙い目。空いているし、九時半とか十時から上映してくれるから。

俊太郎　どうだった？

賢作　まあまあ、想像した通りの出来でした。残念ながら、今まで知られざる深いところまでコルトレーンを掘り下げようという作品ではなくて、知らない人に「コルトレーンというサックス奏者はね」と語るための映画でした。でも、マイルス・デイビスとの「カインド・オブ・ブルー」のセッションが一時中断してたときに「ジャイアント・ステップス」というコード進行を極めた曲が生まれた話には驚いたのなんのって。そういうことをもっと微に入り細に入り取材してほしかった。とはいえ、九十分余りで彼の音楽の変遷をダアッと一気に聴けて、昔よく聴いていた頃のことが蘇ってくる。それが音楽モノのいいところ。マニアックだけど面白かったのは、交代させられたピアニストの話。

俊太郎　交代？　難しくて弾けなかったわけ？

賢作　そう。もう、とてつもなく難しいわけ、「ジャイアント・ステップス」のコード進行が。

俊太郎　どういうところが難しいの？

賢作　手癖《てくせ》ではなにもアドリブできない。オタクな話だけど、頭Bのコードで始まって二拍ずつでコードが変わって三小節目にはあっという間にEフラットに到達してる。とにかく複雑の極致。それを超高速の4ビートでやるわけだから、ベーシストはどうにかリズムを刻めるというレベル。で、コルトレーンは猛練習の成果を発揮して吹けるんだけど、ピアニストはこれまでの人生で出合ったこともない難解なコード進行をやらされるわけだから、そりゃお手上げにもなりますよ。

俊太郎　それで思い出した。武満の管弦楽曲のスコアを見たことがあるんだけど驚いちゃった、ものすごく縦長の楽譜で。

賢作　そうそう。武満徹さんのスコアは細密画のようで美しいね。

俊太郎　スコアって普通、横へ広がっていくでしょ。武満のももちろん横に進むんだけど、縦もこんなに長くてさ。だから、一音の音の複雑さがまったく違うのね。

賢作　うんうん。

俊太郎　彼は歳をとってから「一音」ということをますます追究したんだよ。お能の鼓のパチンと鳴る音にも、彼だけが聴いているものがあったと思う。あのスコアを見て、相当複雑な音を一音のなかに聴いていることがわかったからね。しかも、あそこまでよく想像して譜面にできるなとも。

賢作　武満さんの耳を一瞬でもいいから体感したい！

音楽をする

賢作　そういえば、徹三さんとの対談のなかにビックリしたひと言がありましたよ。

俊太郎　どんな？

賢作　徹三さんの言葉です。もしも、「はたち前後に、いい音楽をいまのようにじゅうぶん聴くことができたら、お父さん（徹三）の漂泊というものはなかったのじゃないかと思う」（21ページ）。徹三さんはぼくにとってはお祖父ちゃんだけれど、音楽に対してこんな気持ちだったなんて知らなかった。ほんとかよ！って（笑）。

俊太郎　晩年の徹三さんはひとりこの部屋で、大相撲のテレビを観るか、ベートーヴェンの弦楽四重奏をずっと聴いているかだったんだよ。

賢作　ああ……そうだった。のちにワンセットプレゼントしてくれたなあ。演奏はスメタナ・カルテット。

俊太郎　思えば今、おれもおんなじことやってるの。夕方からCDかけて、徹三さんと同じような姿勢で寝っ転がってハイドンばっかり聴いてる。若いときは、父親と似ているのは頭蓋骨の奥行きぐらいだけだと思ってたのにね、反発してたから。

賢作　ハイドンねえ。

俊太郎　それもシンフォニーではなく、弦楽四重奏曲とピアノのソロですね。好きなのはそのうちの数曲で、厳密に言えばそのなかの数楽章なんです。

賢作　わかるわかる、その感覚。

俊太郎　作曲家には申し訳ないと思うんだけど。

賢作　いやいや、仕方ない。だって一曲が長いものね。緩い楽章だけ聴きたいというのも仕方ないかな。

俊太郎　うん（笑）。若いころはとにかくベートーヴェンが好きだったのね。で、比べてみてわかったんです。ベートーヴェンの曲には必ずベートーヴェンがいるのに、ハイドンにはハイドンがいない、と。ハイドンの曲には音楽しかいないんです。ハイドンがいない。それがとっても心地いいんだよ、今や私には。

賢作　ハイドンがいない！

俊太郎　そう。でも、音楽はちゃんとある。だから、音楽が音楽をしているみたいなものですよ。ハイドンはそれをちょっと手伝っただけ。音楽に何かを託すなんてことがなくて、ものすごく自然に音楽が生まれているんだね。ハイドンはほんとに気楽なおっさんでさ（笑）。

賢作　禅の音楽家ハイドン。モーツァルトは？

俊太郎　モーツァルトは別格だね。「いい」「悪い」どころの騒ぎじゃないような存在。だからモーツァルトは今、ちょっと聴けない感じ。ハイドンの「俗に通じる平凡さ」というのかな、あれがいいんですね。音楽の好みもこんなふうに変わるんだと思うと自分でも面白くて。

賢作　なるほどねえ。歳とるってそういうものなのかなあ。ぼくの場合、若いときはオーケストラを使った作曲もいろいろしたけれど、自分には向いていないと最近ようやくわかってきた。自分には小さな編成のパーソナルな音楽を作るのが合っているのかな、と。でもオーケストラのスコアを読みながら聴くのは逆にどんどん面白くなってきた。最近はストラヴィンスキーのバレエ音楽「ペトルーシュカ」ばっかり聴いている。曲の終わりにバーンスタイン本人の解説がある盤が面白いの。

俊太郎　へぇ〜！

賢作　コープランドの「アパラチアの春」も。スコアを読んでいるのか眺めているのか自分でもわからないんだけど、構造を発見する瞬間がある。「あ！　こういうことだったんだ」と。どこか建築物を見ているような感覚です。この建築物になんとかままブラームスやワーグナーに行くかというと行かない。でも、その面白いところを見つけなくちゃと義務感にかられて疲れちゃって（笑）。もっと歳とると行くのかなあ？　今はまだダメだ。そういえば谷川家はもともと教条主義じゃなかったからね。映画にしても、情操教育にいいモノというような観点はなかったし。

自力で得る

俊太郎　小さいころは、どんな映画を観たっけ？

賢作　「マーフィの戦い」を映画館に一緒に観にいったのをよく憶えている。ちょっと待って、（手元で検索して）一九七二年一月日本公開、ピーター・オトゥール主演。「アラビアのロレンス」のオトゥールを観る前にこっちから観たんだ。ひとり落ち武者みたいなオトゥールがUボートに戦いを挑む話で、最後は筏《いかだ》に吊るした魚雷を執念で打ち込むんだけど自分も死んでしまう……。

俊太郎　そうだったね。

賢作　あなたの映画の選択が面白かったんですよ、とにかく。「ロリ・マドンナ戦争」も一緒に観た。ロッド・スタイガーとロバート・ライアンが家長で、隣りあう二つの家の家族がひたすらいがみ合って殺し合うという、よくもこんなもの子どもに見せるなという（笑）。監督はリチャード・サラフィアンだったかな、シェイクスピアの「ロミオとジュリエット」を下敷きにした不条理もの。

俊太郎　今でも観られる？

賢作　DVDを探してみるよ、ぼくも観たいし。「2001年宇宙の旅」も一緒に行きましたね。一九六八年、八歳のときです。妹の志野も一緒だったかな。彼女は五歳！

俊太郎　かもね。

賢作　前半十五分がメチャクチャにおもしろくて、サルが闘っている場面から映画史に残る、放りあげた骨から宇宙船へのジャンプショットになって月へ行く。あとはもうさっぱりわからなかった。

俊太郎　ヨハン・シュトラウスがまた良かったんじゃない？　「美しき青きドナウ」。

賢作　それに関してはひどい話があって。監督のキューブリックは自ら作曲を依頼したアレックス・ノースのオリジナル曲を全部無断でボツにして、ラッシュ（未編集試写）のときにつけていたシュトラウスに戻したという有名な話があり。

俊太郎　作曲料は払っているわけね。

賢作　そう、払っている。でもこのエピソードはお金の問題ではなく、名誉の問題なんだけどな。それ以来、ぼくはキューブリックが嫌いになりました。

俊太郎　賢は映画音楽の仕事もしてるから、余計にそうかもね。その点、詩の世界はカネが絡みませんからね。そもそも詩人で金銭の話をする人はあんまりいない。だからぼくがお金の話をすると、みんな喜ぶのね。「ああ、やっぱり普通の人だったんだ」って（笑）。

賢作　金銭に対する感覚は親子で似ている気がするね。自力でお金をもらうことの喜びはやっぱり大きい。

俊太郎　ぼくはすごく大きかったよ。生まれて初めてもらった詩の原稿料でレコードを買ったこと。今でもそれをちゃんと憶えているからね。

賢作　ぼくは二十歳くらいのとき。吉祥寺のジャズバーのライヴ。歌とピアノとベースで一晩、五ステージぐらいやったと思う。で、「おつかれさま〜！」となって、茶封筒に入った四千五百円が渡された。「下手くそな演奏だけど、ともあれ自分が一晩でこの金額を獲得したんだ」という達成感を味わいましたね。

俊太郎　身体を張って稼いだ喜びね。

賢作　もしかして詩人も同じ（笑）？　それにしても、とりとめのない会話になっちゃったね。読者の方に申し訳ない気がする。

――いえいえ、**対談でしか残らない……**。

俊太郎　いいんじゃない？　編集者もああ言ってるし、このままとりとめなく終わっても。

賢作　ぼくはけっこう気になっちゃうんだよね。

——では……最後に「やっぱりこれは敵わない」と相手に対して思っていることを白状し合って締めるのはどうでしょう。

俊太郎　じゃあ、まずはぼくからね。彼がちゃんと家庭を守っているところです。そこは敵わない。もしかすると、親の離婚騒ぎを見て学んだのかもしれませんね、だから人間的な良さは賢作には敵いません。

根源的なやさしさみたいなものがあるのね、彼には。どういうときに感じるかというと、妹の志野が子どもを産んで、それを賢作がベッドの上で見ている写真があるんです。その顔つきがすごくいいわけ。一枚の写真でわかるんだよね、というか、わかりたくなるわけね。あとは彼のピアノソロを聴いていると、和音やメロディーの終わり方に一種のやさしさがある。もともとぼくは音楽の音の終わるところに感動するほうなんだけど、ぼくの詩に彼がつけた曲にもそういうところがあるんです。詩と曲にどういう関係があるのかぜんぜんわからないけれど、もしかしたら一種の遺伝的なものが働いているのかなと思うことはありますね。

賢作　またまた……昔っから身内びいきでなんの衒《てら》いもなく褒められるので恥ずかしい。最近少しは慣れたけど。そうねえ。敵わないのは、詩を書く才能。よくもまあ次から次へとこんなに多彩に書けるなあと。本人にはもちろん産みの苦しみもあるのだろうけど、側《はた》から見るとサラッと書いているイメージがある。ぼくもそんなふうに詩が書けたらなあ。
俊太郎　で、書いちゃったりもしてる。
賢作　とても詩とは言えないよ。「♫むしがきらい　だーいっきらい　むしってとってもこわいんだもん」まあ子ども向けの歌の歌詞だからね。言い訳ですけど。
俊太郎　音楽家で良かったですよ。息子に詩人なんかになられてたら、もう地獄だもの。
賢作　え！　そうなの？
俊太郎　すごくいい詩を書かれたら書かれたで自分を卑下しちゃうし、逆にヘタな詩を書かれてもさ、「これでいいのか～！」って焦っちゃうじゃない。だから、ちょうど距離がいいんですよ、音楽と詩というのは。

（二〇二一年十二月七日）

谷川俊太郎（たにかわ・しゅんたろう）

一九三一年東京生まれ。詩人。五二年第一詩集『二十億光年の孤独』を刊行。六二年「月火水木金土日のうた」で日本レコード大賞作詩賞、七五年『マザー・グースのうた』で日本翻訳文化賞、八二年『日々の地図』で読売文学賞、九三年『世間知ラズ』で萩原朔太郎賞、二〇一〇年『トロムソコラージュ』で鮎川信夫賞、一六年『詩に就いて』で三好達治賞ほか受賞多数。詩作のほか、絵本、エッセイ、翻訳、脚本、作詞など幅広く作品を発表し、著書多数。近著に詩集『ベージュ』『どこからか言葉が』『虚空へ』、堀内誠一との共著『音楽の肖像』、合田里美との絵本『ぼく』などがある。

解説

言葉と沈黙のあわいに

内田也哉子

決して大げさなんかじゃなく、私に日本語の美しさを教えてくれたのは、谷川俊太郎さんだ。幼い頃、おもちゃの存在しなかった我が家には、キッズフレンドリーなものといえば唯一、絵本が数冊あっただけ。おのずと、すりへるほど読み込まれたその絵本の翻訳者が谷川さんで、原作者は、平凡な日常の滑稽さや、人間の孤独をテーマにした不条理劇を代表するウージェーヌ・イヨネスコだった。不気味な明るさと不穏な空気を合わせもつ家族を描いた『ジョゼット　かべをあけてみみであるく』という作品は、幼い私の心を摑んで離さなかった。たった5、6歳の少女が、この絵本から本当の意味で人生の不条理を嗅ぎとっていたかは定かではないけれど、間違いなく「目に見えるものの奥に潜むいくつもの層」を感じとり、胸のざわめきを覚えた。そして、夢と現実の間を行ったり来たりする悦びを知ってしまったのだ。

やがて谷川さんの詩作『みみをすます』に出会った。幼稚園から英語の教育環境で育った私は、このひらがなだけで綴られた詩に、大和言葉に由来する言語の耳心地の良さと佇まいの奥ゆかしさを教えられた。そして、こんな片言の日本語スピーカーの私でも、見たこともない心のランドスケープに連れて行ってもらえることに、日本語、いや、谷川さんの紡ぐ言葉の力に圧倒された。たった一本のえんぴつ、たった声ひとつだけでも、誰かを未知の（もしくは懐かしい）どこかへ運んでいける谷川さんに畏敬の念を抱く。しかも、幼児から100歳を超える大人まで受けとり手の層は分厚く、肌の色も、教育のレベルも、職種も、社会的立場なんかもどこ吹く風。小難しい言葉じゃなく、どんな人にも伝わる言葉を使って表現することの尊さと無限大の可能性を思い知った。

この対談集が、人生46年目にして私の前に現れたのは、紛れもない奇跡だ。これまで私が、谷川さんの推敲した言葉の結晶である詩や絵本に慣れ親しんできたせいか、これらの対話は言語の新たな表情を見せてくれた。

「書き言葉とちがって、話し言葉には聖なる一回性の如きものがある」

と谷川さんがかつて書いていたように、その日その場で有機的に生まれた心の交流がありのまま記録されている。対談の主な時期である41～61年前の日本語は、確実にボキャブラリーも、その背景にある精神性も今とは異なり、郷愁というより、潔く斬新な言葉の連なりとして衝撃を受けた。そして、目で追う活字から想像する、一対一でなければ生まれない緊張感と安心感、声の圧や音程、言葉尻の余韻、沈黙、静けさを破る言葉のリズムが、まるでジャズの即興を聴いているような高揚感を掻き立てる。つい勝手に、そこで飲まれていたのは、コーヒーなのか水なのか、一体どんな椅子に座っていたのかまでイメージが膨らんでしまう。

若き俊太郎さんは、計り知れないほどの好奇心とインテリジェンスをそなえ、相手への絶大なリスペクトを持ちつつも、必ずしも相手の見解に同調することなく、自らの考えを述べている。年齢的にも、30代から50代にかけて、誰しもが通るであろう人生の迷える季節から、だんだんと静かに自己が形成されていく過程を目の当たりにするようだ。とはいえ、谷川さんは偉大な先輩であろうが、父や息子という近すぎて本来なら気恥ずかしい関係であろうが対等に向き合い、イデオロギーを交換する。そもそも谷川さんは、生きてきた年数や経験などに左右されることない「存在のゆるぎなさ」を生まれながらに持ち合わせているのだと感心する。まるで荒野にひとりですっくと立つ、老成した魂を持つ少年なのだと。

私には夫ひとりと子が三人いる。まだ末っ子は小学生なので比較的、日常の暮らしは賑やかだ。なにげない「家族の風景」が、この四半世紀の私の毎日を占めている。役者というなりわいだった母が、女手ひとつで私を育ててくれたせいか、幼い頃に一生分の「ひとり時間」を使い切ったと言える。その反動で、19歳で結婚に至ったのかは不確かだけど、こうしてみるとずいぶん極端なまでに、人生の前半と後半の孤独の配分が偏っている。こうした自分の生い立ちが影響しているのか、私は人と向き合うことに憧れと同時に、恐れをちょうど半分ずつ持ち合わせている。ふと自分の潜在意識に耳をすませば、「あの人と会って話してみたい」というつぶやきが聞こえてくる。けれど、次の瞬間「やっぱり、あの人とは会いたくない。会っちゃいけない」と何の脈略もなく、自分で打ち消しに入るのだ。

ましてや、私の中で普遍化していた谷川さんと、生身の人間として向き合う機会が到来した20歳そこそこだった頃、私は案の定、たじろいでしまった。けれども、実際にお会いして初めて知ることができた谷川さんの奏でる言葉の響きは、まるで名職人の手がけたチェロに耳をすますような心地よい音色だった。そして、45年の年齢差をひょいと飛び越え、呆気に取られるほどニュートラルに接してくださり、会話は次々と思わぬ方へ転がり、絵本の翻訳、言葉はどこからやってくるか、人とのつながり、車遍歴、恋愛、結婚、子どもとの接し方、生まれて死にゆくことなど、生涯忘れ得ぬ対話をさせてもらった。特に、詩を書くときの谷川さんの「植物のように土に根を下ろし、言葉という養分や水分を土壌から吸い上げて花を咲かせたり、葉を茂らせる」という比喩には、心底ときめいた。それから幸運にも、数年に一度ほどの間隔で対談という機会に恵まれていて、その度にまさしく谷川さんの「言葉の土壌」に触れ、いつだって新たな発見と共に思い巡らせている。

いつか、谷川さんは人（家族も含む）との距離感を、デタッチメントの感覚に近いとおっしゃっていた。ともすれば、私は向き合う相手とのアタッチメントを模索してしまうのだが、谷川さんの人と話すときの姿勢は、節度を持った距離感なのに、親密感を置き去りにしない見事なスタンスなのだ。それゆえに近すぎても、遠すぎても見ることのできない人の心模様をまるで見落とさないのだろう。きっとそれは計算してできることなんかじゃない。知性の染み込んだおうちに一人っ子として生まれ、ひとり遊びが格別にうまくなっていった彼の成育環境も少なからず影響しているのではなんて、安易すぎる考えだろうか。

全く異なる環境で暮らし、多様な感性を持つ人同士が、あるひととき向き合って腹を割る。互いの腹の内にある得体の知れない何かを言葉や間《ま》に変換して、それを渡したり受け取ったりする。この純粋に語らうという行為を終えた谷川さんは、

「私は相手を知るとともに、自分自身をも知ることができた」

と言い表した。ある研究ではコミュニケーションにおいて、言語により伝わることは全体のわずか7%ほどで、残りは聴覚と視覚情報により相手に伝達するという。これらの対話から私が得た情報や感動は、これまで自分の頭や心の使ったことのない部分を温めた。けれども、その約13倍もの「何か」が、対話する二人の間で共有されたのだと想像すると、きっとそれは、誰も分け入ることのできない一期一会の賜物に違いない。

今日という日は、誰かとやりとりをする方法が有り余るほどある。ふつふつと湧き上がる想いを電話で声に乗せて、メールやSNSで文字に乗せて、ビデオ通話で映像に乗せて、いつだって容易に人と繋がれる。けれども、それらの方法では肝心なものが伝わりきらないもどかしさがあることを、この対話集はつまびらかにしている。と同時に、皮肉にもこの数年コロナ禍によりやむなく人間関係の分断が進み、ひときわ人と会うことの真価が問われている。もしかすると、ときには言葉の介在がなくとも心を通わすことができるのが、人と対面する醍醐味なのかもしれない。

最後のページを閉じ、しばし私は読後の余韻のもたらす安寧に浸った。そして、残りの人生も、人としての当たり前の孤独を胸に抱きつつ、人と出会うことのもたらす希望に、しっかりと満たされようと思った。

（うちだ　ややこ／文筆家）

本書のなかには、今日の人権感覚に鑑みて差別的ととられかねない表現がありますが、当時の時代背景を考慮したうえで対談自体の価値を尊重し、原文のままといたしました。

写真／朝日新聞社

人生相談《じんせいそうだん》　谷川俊太郎対談集《たにかわしゅんたろうたいだんしゅう》　朝日文庫

2022年5月30日　第1刷発行
2022年9月20日　第3刷発行

著　者　谷川俊太郎《たにかわしゅんたろう》
谷川徹三《たにかわてつぞう》　外山滋比古《とやましげひこ》
鮎川信夫《あゆかわのぶお》　鶴見俊輔《つるみしゅんすけ》
野上弥生子《のがみやえこ》　谷川賢作《たにかわけんさく》

発行者　三宮博信
発行所　朝日新聞出版
〒104-8011　東京都中央区築地5-3-2
電話　03-5541-8832（編集）
03-5540-7793（販売）
印刷製本　大日本印刷株式会社

ISBN978-4-02-262065-1

大江　健三郎著／大江　ゆかり画
「自分の木」の下で

なぜ子供は学校に行かなくてはいけない？　子供たちの疑問に、やさしく深く答える。文庫への書き下ろし特別エッセイ付き。

大江　健三郎
定義集

井上ひさしや源氏物語、チェルノブイリ原発事故の小説など、忘れがたい言葉たちをもう一度読み直す、評論的エッセイの到達点。《解説・落合恵子》

大江　健三郎
大江健三郎往復書簡　暴力に逆らって書く

困難と狂気の時代に、いかに正気の想像力を恢復するか――ノーベル賞作家が世界の知識人たちと交わした往復エッセイ。

中島　みゆき
中島みゆき全歌集　2004－2015

朝ドラの主題歌として大ヒットした「麦の唄」や、他アーティストへの提供曲、夜会での発表曲など全一八三曲の歌詞を網羅した歌詞集第三弾。

中島　みゆき
中島みゆき全歌集　1987－2003

四つの年代でシングルチャート一位を獲得している唯一の女性アーティスト。「地上の星」など全二二九曲を収録した歌詞集第二弾。《解説・田家秀樹》

中島　みゆき
中島みゆき全歌集　1975－1986

多くのファンの心をとらえ続ける中島みゆき。「時代」「わかれうた」「悪女」など全一七八曲を収録した歌詞集第一弾。《解説・谷川俊太郎》